Анатолий Михайленко

Вы не поверите

Рассказы

Оклахома
2024

Анатолий Михайленко. "Вы не поверите". 2023, 124 с. Издатель: Михайленко А. Одесса, Украина. E-mail: mihal47@ ukr .net.
Это художественное произведение. Сходства с реальными людьми, местами или событиями совершенно случайны.
"ВЫ НЕ ПОВЕРИТЕ"
Первое издание. 15 декабря 2023 г.

Оглавление

В поисках выхода

… **В** то утро мой распорядок был нарушен. Я продолжал лежать в кровати, не ощущая веса собственного тела. Моя сущность все еще пребывала в пространственно-временном континууме, где нет ни прошлого, ни настоящего, ни будущего. Ибо они объедены в одно целое, без начала и конца.

Грустная история человечества проплывала предо мной нескончаемой голографической панорамой. Грандиозность увиденного восхищала, обескураживала и огорчала меня. Невозможно было оставаться равнодушным, наблюдая за тем, как гомо сапиенс преобразил нашу планету.

Первым попался мне на глаза прелюбопытный персонаж этой трагикомедии, финал которой невозможно предвидеть, а тем более изменить. Он сидел за столом, на котором стояли огромные песочные часы, внимательно наблюдая за движением песка из верхней колбы в нижнюю, и вдруг возопил:

— Эврика! Я — повелеваю Временем и Пространством!

— Вот с этого всё и началось, — послышалось мне.

— С изобретения часов? — сказал я, решив, что разговариваю сам с собою.

— Нет, с гордыни! — ответил тот же голос.

Я оглянулся и увидел мужчину с лютней в правой руке. Он стоял в двух шагах от меня. На самом же деле нас разделяло расстояние, исчисляемое несколькими поколениями. Поэтому фигура его была расплывчатой сотканной из воздуха и света.

Присмотревшись к фантому, я узнал в нем моего отца. Больше всего меня поразило не то, что он находится здесь, рядом со мной. А то, как он молодо выглядит. Таким я его видел только на фотографических снимках, сделанных задолго до моего рождения. Взглянув еще раз на его лицо, на музыкальный инструмент в его правой руке, я вспомнил мамин рассказ о том, как ухаживал за нею мой будущий отец, когда она была девушкой. «Знаешь, чем он меня покорил? Игрой на лютне и тембром голоса. Он потрясающе играл и пел, твой будущий отец...» — вспоминала она.

— А где мама? — спросил я, волнуясь. — Она тоже здесь?

— Она там, в саду, — сказал он, кивнув.

Я посмотрел туда, куда он указал, и увидел маму в яблоневом цветущем саду. Она была в легком голубом платье, ее распущенные волосы цвета спелого овса развевались по ветру, которого не было. Оглянувшись, мама улыбнулась и помахала нам букетом полевых цветов, составленном из белых ромашек, синих васильков и красных маков.

— Какая она молодая и красивая! — сказал я. И посмотрел на отца.

— Сейчас твоей маме двадцать пять, она в том возрасте, когда мы с ней познакомились. — сказал он. — И, помолчав минуту, продолжил: — Впрочем, все мы тут пребываем в том возрасте, когда впервые познали счастье.

— И всем по двадцать пять? — спросил я.

— Ну, почему же? — сказал он. — Счастье к людям приходит и в шестнадцать, и в тридцать, и в семьдесят лет, и к тем, кто старше.

— И много их здесь?

— Кого?

— Тех, которые старше?

— Я не считал. Но они здесь самые счастливые.

— А ты еще играешь на лютне? — спросил я, вспомнив рассказ мамы.

— Игра на лютне — единственное, что я делаю с радостью. К нам приходит сосед Альберт со скрипкой, и мы с ним играем дуэтом. Маме очень нравится.

— Альберт, он скрипач?

— Нет, он физик-теоретик, математик, одним словом, ученый. У него весьма почтенный возраст, и он самый счастливый из нас.

— А что, качество счастья зависит от возраста?

— Не всегда. Но Альберт — это неординарный случай. Он, как и многие, всю жизнь занимался не тем, чем хотел, разрабатывал теории, которые невозможно не опровергнуть, ни проверить на практике. За это его очень уважали, и завидовали ему коллеги. Он же хотел только одного — играть на скрипке. И когда он попал к нам, ему, наконец, удалось освободиться от всякой иерархии и стать абсолютно счастливым.

— А я, отче, не чувствую себя счастливым, совершенно! — признался я, смутив его.

— Ты встречаешься с девушкой или женщиной? — спросил он.

— Знаешь, пап, у нас это просто! Если у тебя есть деньги. В Интернете находишь сайт знакомств, по фотографиям выбираешь себе девушку по вкусу, и они ее присылают тебе, — сказал я, решив разыграть отца.

— По почте? — спросил он растеряно.

— Нет, что ты! Их доставляют как пиццу, прямо на дом.

— А что такое деньги, о которых ты говоришь?

— Эквивалент любви, больше денег — больше любви и, наоборот, — куражился я, неосознанно ревнуя отца к его счастью.

— Любопытно, но ты не говори об этом маме, она расстроится, начнет плакать, жалея тебя. — сказал он.

— Почему? Это обычная услуга, которой пользуются многие, упрощая себе жизнь и экономя время...

— Тебе сколько лет? — спросил он, и посмотрел на меня взглядом человека, которому изменяет чувство юмора.

— Тридцать шесть! А ты разве не помнишь, папа?

— Ты старше меня на одиннадцать лет, но до сих пор не познал счастья. И знаешь, почему? Потому, что ты ищешь счастье там, где его нет, в каком-то интернете. А оно находится рядом, в тебе самом, его только надо вызволить из плена, — сказал он.

— Мне кажется, у меня его нет и там.

— Тогда почему ты здесь? Таким как ты у нас не место!

— Случайно, но я больше не буду, — стал я оправдываться, как подросток, осознавший свою вину.

— Ладно, — сказал он примирительно.

— Сынок, ты должен уйти отсюда, ты не можешь здесь оставаться навечно, — сказала, подошедшая к нам, мама, обнимая и целуя меня.

— А где же цветы? — спросил я, вспомнив о букете, который она только что держала в руке.

— А мы, чтобы ты знал, наслаждаемся красотой, не уничтожая ее под корень, — сказала мама.

— Прежде, чем я уйду, давайте, сходим домой, и ты, мам, наготовишь блинов. «Они у тебя такими вкусными получаются», —сказал я, почувствовав, что проголодался.

Мама посмотрела на отца, отец — на маму. Потом они оба уставились растерянно на меня. И отец спросил:

— О каком доме ты говоришь, сынок?

— А блины, это что такое? — спросила мама?

Я растерялся. И, ничего не ответив, взял их за руки, как в детстве, и спросил:

— А вы знаете, где выход?

— Нет, мы не знаем, где выход, но ты все равно должен покинуть нас, — сказала мама.

— Если наш сын смог найти вход, он непременно отыщет и выход, — сказал отец, соглашаясь с мамой.

И мы пошли, держась за руки. Под ногами я не ощущал привычной тверди, но это меня не страшило — рядом были мои мама и папа. Потом мы перешли на бег. Набрав скорость, взлетели, и полетели, обдуваемые светом как ветром. Я смотрел по сторонам, надеясь найти выход. Выхода нигде не было.

— Вот смотри! — сказал отец с мальчишеским азартом. И я увидел живописный горный пейзаж. Под отвесной скалой волосатые мужчины в набедренных повязках, вероятно, охотники, разделывали кремниевыми ножами тушу крупного животного. Не исключено, что это был последний на земле экземпляр мамонта.

— Ну, и прожорливый боров! — сказала мама, указав нам на лысого молодца, отделившегося от общей массы охотников и тащившего за собой целое бедро мамонта.

— Это — альфа-самец, — уточнил отец. — Он направляется к себе в логово. И там, в одиночестве, обглодает это бедро до самой кости. А если кто сунется к нему, получит по черепку. Из таких самцов, жадных и прожорливых, получаются вожди, короли, президенты и далее по списку.

— Такие самцы, как этот, придумали всю иерархию, которую терпеть не может Альберт, — сказала мама.

— Осторожно на виражах! Пространство искривляется, можем вылететь на обочину! — сказал, повысив голос, отец, когда мы выходили на новую орбиту, и он крепче сжал мою руку. Вот тогда я впервые ощутил невесомость собственного тела.

С двух сторон от нас проносились, мелькая голографической чехардой, события, уже свершившиеся, и произошедшие после нас. Их последовательность в этом вневременном «бесформии», как я его определил, не имела никакого значения. Только последствия, вызванные ими, и последствия, вызванные этими последствиями, имели еще какой-то смысл.

Поэтому, когда на очередном вираже пред нами выскочил, как чертик из табакерки, папа римский Урбан II, я не удивился. Как и тому, как этот наместник Бога на земле, воздев руки к небесам, скрежещущим как несмазанное колесо арбы голосом, призывал голодных и нищих духом христиан идти на Ближний Восток освобождать Святую Землю и Гроб Господень от неверных. Сомневающихся понтифик обольщал лестными обещаниями: «Кто тут обездоленный и бедный, там будет радостный и богатый...»

Поверив обещаниям папы римского, жаждущие чуда собрались со всей Европы и, не дожидаясь назначенного срока, устремились во главе с монахом-проповедником Петром Пустынником в Палестину, чтобы там найти благоденствие и счастье. В течение двухсот лет волна за волной шли пилигримы на Ближний Восток, чтобы мечом и крестом насаждать там христианские ценности, возбуждая и взращивая в сердцах мусульман ненависть к белому человеку и джихад. Зыбкие тени поборников веры Христовой еще можно разглядеть сквозь завесу словесного тумана в кривом виртуальном зеркале истории.

— А это кто там вышел навстречу крестоносцам? — сказала мама, всматриваясь в бесконечную даль, ее женское сердце видело дальше и больше, чем было доступно нашему зрению.

— Проследив, откуда они вышли, можно с большой долей вероятности сказать, что это мусульмане-сунниты, они бегут, спасая свои жизни, из охваченной войной Сирии, — сказал отец.

— Но, если эти два потока встретятся, не избежать кровопролития, — сказала, с тревогой в голосе, мама.

— Не бойся, милая, — успокоил ее отец. — Они пройдут встречными курсами, не задев друг друга.

— Почему ты так думаешь? — спросила недоверчиво мама.

— Потому что эти людские потоки начали свой смертный путь с разницей в тысячу лет, — уточнил он. — Крестоносцы стартовали в 1096, а сирийские беженцы — в 2015 году.

— Ты уверен в этом?

— Мама, папа прав, — поддержал я отца. — Но это никак не повлияет на ситуацию в целом. Война на Ближнем Востоке продолжается.

— Со времен крестовых походов? — удивилась мама.

— Война там никогда не прекращалась. И сейчас там идет война мусульман с мусульманами, с христианами и с евреями. И она вряд ли закончится в ближайшее время.

— В таком случае, тебе лучше было бы перебраться к нам, от беды подальше, — сказала мама. И с какой-то неизбывной жалостью, переходящей в бесконечную нежность, посмотрела на меня.

— Пусть он сначала познает счастье! — сказал, отрезвив маму, отец.

— А, знаешь, Иван, эти сирийцы напомнили мне украинцев, бежавших на запад, после того как Россия вероломно напала на Украину, — сказала мама.

— Не хватает только самолетов с красными звездами на крыльях и хвостовых оперениях, которые бомбят мирные украинские города и села, — уточнил отец.

— Да, русские летчики не знали жалости, когда бомбили детские сады, школы, больницы, колоны беженцев. «И делали они это с каким-то дьявольским удовольствием», — сказала мама.

— Папа, мама! О чем вы говорите? Русские бомбят сирийцев, но они никогда не посмеют убивать нас, украинцев! — возмутился я.

Папа посмотрел на меня, как смотрят на умственного инвалида, и сделал резкий вираж на месте. При этом я едва не свалился на обочину пространственно-временного континуума, но он схватил меня в самый последний момент за шкирку и сказал, едва сдерживая раздражение: «Смотри! Смотри, во что твои русские братья превратили украинские города и твою Одессу...»

... Предо мной прошли голографической чехардой картины будущего: опустошенные города и села, выжженные сельскохозяйственные угодья, яблоневые и вишневые сады, которые никогда уже не зацветут, кладбища с холмиками свежих могил... Одесса, знакомая Соборная площадь, которая так и не стала площадью Советской армии. А вот и руины Свято-Преображенского кафедрального собора.

— Интересные получаются параллели, почти по Лобачевскому, — сказала печально мама. — В 1936 году Преображенский собор уничтожили российские большевики; а в 2023 — по нему ударили баллистической ракетой русские национал-социалисты...

— Да, почерк один и тот же! — согласился с мамой отец.

— Но этого не может быть, папа! — настаивал я.

— Леня, они сделают это... в августе 2023 года, уже даже известен день и час, — сказала мама.

— А это что? Неужели… неужели одесский Дом ученых? — спросил я при виде очередных руин. — А как я любил этот дом...

— Я, кстати, тоже часто заходил в буфет Дома ученых: там всегда были отменные коньяк, кофе и бутерброды, — сказал папа.

— А в нижнем, подвальном этаже, была небольшая столовая, и в студенческие годы мы ходили туда обедать, — вспомнил я с ностальгией.

— Выходит, что из нашей семьи только я одна посещала Дом ученых с просветительской целью, в частности, послушать лекции ученых историко-краеведческого общества «Одесиика», — сказала мама.

— А ты разве не помнишь, как мы вместе с тобой ходили на лекции Олега Соколова «Цвет и музыка»? — сказал, обидевшись, отец.

Я слушал отца и маму, и не верил им. Потому, что мне даже в самом страшном сне не могло присниться, что Россия когда-нибудь нападет на Украину. Мой внутренний календарь показывал август 2021 года. Земного времени было достаточно, чтобы попытаться предотвратить надвигавшуюся катастрофу, по наивности полагал я. Но, чтобы осуществить эти планы, мне надо вернуться.

— Папа, мама, я должен покинуть вас и ваше временное «бесформие», — сказал я.

— Конечно, тебе нужно спешить, — сказала категорично мама. ⬜ Попытайся предотвратить войну...

— Да! Ты должен найти выход, и уйти отсюда как можно скорее! — сказал отец, но не так твердо, как мама.

— Тогда нам надо следовать за крестоносцами, может статься, что именно там, у гроба Господнего, куда они идут, находится выход, — подбивал я родителей на очередную авантюру.

Малая Азия предстала перед нами плацдармом бесконечных сражений. Куда ни кинешь взгляд, наткнешься на человеческие экскременты, скелеты, лысые черепа, разбросанные как бильярдные шары, которыми играет смерть. Над колоннами Крестового воинства, идущего горными дорогами Анатолии в Палестину, кружили вороны, расправив черные крылья. Впереди конницы — лучшей в средневековой Европе — ехал верхом на белом коне всадник. Это был Рыжебородый Фридрих — император Священной римской империи Барбаросса. Он был облачен в дорогие рыцарские доспехи и в пурпурный плащ, стелившийся за ним по земле, заметая следы, оставленные копытами его лошади.

— Хорошо идут, — сказал отец, обозревая колонны очередного, третьего по счету, крестового похода. — Но где же все-таки твой выход?

Выход нигде не просматривался. Его здесь и близко не было. И этот факт опечалил моих родителей, боявшихся, как бы я не остался с ними навсегда.

— Идем дальше, в Палестину, в Иерусалим! — убеждал я их. — Где же еще быть выходу, если не у гроба Господнего!

Воспрянув духом, мы воспарили, оставив далеко позади пилигримов. Когда мы достигли пределов Святой земли, нас догнала печальная весть. Император Фридрих Барбаросса, переправляясь через небольшую речку, свалился с коня и был унесен сильным течением. Когда наконец рыцари-крестоносцы вытащили своего предводителя из воды, он уже не дышал.

Узнав о бесславном конце Рыжебородого Фридриха, отец сказал:

— Не верь, сын мой, авторитетам, особенно тем из них, кто более других щедр на инициативы и посулы. А лучше, вообще не слушай никого из них, дьявол бы их побрал.

— Почему, отче? — спросил я.

— Потому что они не сомневаются в том, что творят, и не способны предвидеть последствий своих инициатив, — уточнил он.

Я хотел было еще что-то спросить о недальновидных авторитетах, но меня отвлекли силуэты, замаячившие впереди. «Мираж! — первое, что пришло мне на ум. Миражи — обычное явление в пустыне!» Но, услышав характерный скрип и шорох песка, я присмотрелся: семь дромедаров спускались с вершины бархана, неся на своих горбатых спинах всадников, одетых в халаты туркменского покроя. Их загорелые лица, резко контрастировали с белыми платками, обернутыми вокруг голов, и напоминали финики в сметане.

На первом верблюде, покачиваясь, вальяжно восседал крупного телосложения бедуин, по всей видимости, это был старший из них: шейх-эль-кебир, лицом похожий на Мишеля Шельхуба. За ним следовал некто в летней английской военной форме и колониальном пробковом шлеме.

Спустившись к подножию бархана, бедуины понуканиями и ударами прикладов карабинов принудили верблюдов встать на колени передних ног, и всадники спешились. Тот, который был в английской военной форме, снял пробковый шлем, мотнул из стороны в сторону головой, и на спину ему пролились каскадом тяжелые вьющиеся волосы цвета красной меди.

— Женщина! — вырвалось из уст мамы.

— Вижу, дорогая! Но хотел бы я только знать, что ее занесло в такую даль? — сказал отец.

Мы с интересом наблюдали за происходящим в аравийской пустыне, когда к нам присоединился еще один любознательный путник. Это был мужчина невысокого роста, лицо его было испещрено квадратиками морщинками как лист школьной тетради по математике. Под мышкой у него торчала красновато-коричневая грелка. И я не мог понять, зачем она ему в такую жару?

— Рад тебя видеть, коллега! — сказал отец, обнимая пришельца. — Познакомься, это мой сын, Леонид.

— Альберт, — сказал старичок, неохотно протягивая мне маленькую руку, обтянутую желтой шероховатой кожей в коричневых пятнах. Пожимая ее, я ощутил холодок, исходивший от его небольшой, похожей на устричную раковину, ладони.

— Как ты думаешь, Альберт, это мираж или? — спросил его отец.

— С точки зрения вероятности или относительности? — вопросом на вопрос ответил тот.

— С точки зрения практичности! — сказал, раздражаясь, отец. — Мы хотим знать, кто эта рыжеволосая женщина и что она делает среди арабов?

— Вы не знаете, кто эта женщина? Но и я не знаю, кто она! — сказал Альберт. И стал делать круги, не касаясь ногами тверди, которой, как я заметил раньше, под нами не было.

Успокоившись, он привычным движением выхватил из-под мышки красно-коричневую грелку, которая оказалась маленькой скрипкой, и подмигнул моему отцу. Тот взял свою лютню, встал рядом с ним. И они разом ударили по струнам. «Марш Турецкого», — подумал я, очарованный музыкой. Мама, уткнувшись лицом в мою грудь, плакала навзрыд, повторяя: «Не может быть, этого не может быть...» Звуки неподражаемой музыки заполнили всю округу и понеслись дальше и выше, не знаю, куда...

— Вы ошиблись, молодой человек, это не «Марш Турецкого» и да не «Турецкий марш», это — мой новый «Концерт для скрипки и альта с оркестром». Правда, музыканты безбожно фальшивят, но, поверьте, великую музыку не испортишь даже плохой игрой… — сказал мужчина, стоявший справа от меня.

Я повернул голову, чтобы лучше рассмотреть того, кто так бесцеремонно проник в мои мысли. Но он уже удалился от меня, и я увидел его только со спины: белокурый парик, длинный камзол с потертыми рукавами на локтях, узкие облегающие панталоны, белые чулки с подвязками и маленькие серебряные туфельки на высоком каблуке. Незнакомец уходил, размахивая руками, словно дирижировал оркестром.

«Это же Вольфганг Амадей!» — догадался я. Но не мог оставить маму одну, чтобы пойти за ним. Мама, уткнувшись лицом в мою грудь, плакала, загипнотизированная музыкой и повторяла: «Не может быть, не может быть…»

Наконец, Альберт и отец отложили инструменты. Но музыка продолжала звучать и, казалось, никогда не закончится. Растроганный, я перевел взгляд на бедуинов. И увидел, как рыжеволосая женщина с зелеными глазами, сидевшая на песке среди кочевников, тайком утёрла слезу.

— А ты знаешь, кто здесь был? — спросил я шепотом отца.

— Да, бедный Вольфганг Амадей! — сказал он. — Ему очень одиноко без любимой жены, и он часто приходит к нам послушать, как мы играем.

— А почему его жена не с ним?

— Она, как и ты, не познала счастья.

Поскрипывая кожей великолепных итальянских туфель цвета граната, к нам подошел счастливый Альберт.

— Да, в музыке Моцарта нет ни одного лишнего звука, — сказал он, свысока посмотрев не меня.

— Альберт! Ты еще не вспомнил, кто эта женщина? — спросила, снедаемая любопытством, мама.

— Минуточку, — сказал Альберт. И, достав из-за спины портативный телескоп, установил его на треноге и прикипел к окуляру.

Его «минуточка» растянулась как минимум на полчаса, а для меня так на целую вечность. Наконец он оторвал глаза от окуляра, демонстративно стряхнул, вероятно, для шика пыль с колен, которой там не было, и сказал торжествующе:

— А, знаете, я вспомнил, кто эта женщина!

— И кто же она? — спросила, затаив дыхание, мама.

— Шпионка!

Отец, услышав это, поперхнулся. Посмотрел на рыжеволосую женщину в стане бедуинов, перевел взгляд на Альберта и, схватившись за живот, захохотал, повторяя: «Шпионка! Шпионка! Ну, ты и юморист, Альберт! Ну и юморист!». Таким веселым отца я еще не видел.

- Да, это — Гертруда Белл, — продолжал невозмутимо Альберт. — Во время Первой мировой войны и после нее, когда Французская и Британская империи делили наследство третьей, Османской, она работала на разведку Соединенного Королевства.

— Но что это она чертит там на песке? — спросил, перестав смеяться, отец.

— Ты что, считаешь меня обманщиком? — сказал возбужденно Альберт. И, не дождавшись ответа, сделал резкий шаг в сторону и в мановение ока оказался в стане бедуинов.

Те от неожиданности вскочили, схватились за карабины и уже щелкнули затворами. Но рыжеволосая остановила их повелительным жестом руки и посмотрела вопросительно на непрошенного гостя.

Альберт снял с головы шляпу, которой раньше я у него не видел, учтиво поклонился женщине и что-то сказал. Гертруда кивнула в знак согласия головой, улыбнулась и протянула ему руку для пожатия. Перемолвившись с Альбертом несколькими словами, она представила его шейху.

Тот повел себя весьма сдержанно, по-джентльменски. Но, как можно было догадаться по выражению его лица, он с удовольствием расстрелял бы этого белого человека, вторгшегося без спроса в его владения, если бы рядом не находилась женщина. Она, по-видимому, имела на него какое-то влияние. Как бы там ни было, они втроем присели на корточки, и Гертруда стала водить стеком по аравийскому песку...

— Ну, что я тебе говорил! — сказал Альберт, окинув отца гордым взглядом, когда снова оказался среди нас. — Это, действительно, та самая Гертруда Белл.

Отец был явно обескуражен таким неожиданным и опасным фортелем, какой только что выкинул Альберт. Но природное любопытство взяло верх над обидой и он, смущаясь, спросил:

— Так что же все-таки делает эта чертова женщина среди арабов?

— Кроит, — сказал невозмутимо Альберт.

— Ты хочешь сказать, что она организовала для бедуинов курсы кроя и шитья?

— Как могло прийти тебе такое в голову? — сказал, обидевшись, Альберт. — Она кроит Ближний и Средний Восток, как ей это заблагорассудится.

— То есть? — спросил, озадаченный таким ответом, отец.

— Когда мы втроем присели на корточки, — продолжил Альберт, — Гертруда провела стеком по песку и торжественно заявила: «Ну, вот, сегодня я наконец проложила южную границу Ирака...»

- Такое могли позволить себе только Гитлер и Сталин, когда кроили карту Европы, — сказал отец.

— А тут, как видишь, сподобилась женщина, — сказал Альберт. — Не зря ее называли Гертрудой Аравийской, Королевой пустыни, матерью Ирака.

— Ладно, будем считать, что ты меня убедил. Но, скажи, как ты оказался в Аравийской пустыне, совершив скачок в другое измерение? — спросил отец.

— Музыка, оказывается, способствует мышлению, Иван. Я в перерывах игры на скрипке, думал, пытаясь решить одну задачу психологического характера, — сказал, смущаясь, Альберт.

— Неужели ты «родил» новую теорию? Тогда рассказывай, мы слушаем тебя! — сказал папа.

— Я даже не знаю, как это вам объяснить...

— Постарайся, но как можно попроще...

— Честно говоря, еще до того, как попасть сюда, я работал над этой spatio-temporal проблемой. Сложность заключалась в кривизне пространственно-временного континуума во Вселенной. Если бы удалось ее закольцевать, можно было бы совершать путешествия во времени. Размышляя, я пришел к выводу, что Пространство не может существовать вне Времени. А Время — само продукт Сознания. Таким образом, соединив их, получаем логически замкнутую цепь: «Сознание — Время — Пространство» и, наоборот. Ты понял?

— В общих чертах — да! — сказал папа.

Я же, как ни напрягал свой мозг, не уловил никакого смысла в том, о чем говорил Альберт. Но, тем не менее, приготовился слушать его дальше.

— Таким образом, — продолжал Альберт, — любая протяженность, которую описывает Сознание, имеет смысл только в контексте Сознания. И только! Что и требовалось доказать.

— Понятно, — сказал папа. И невозмутимо спросил: «А что это такое — «протяженность»?

— Это та самая кривизна в пространственно-временном континууме, которую я, наконец, закольцевал.

— Но каково практическое применение твоей теории? — спросил, не сдаваясь, отец.

— Не перебивай, дай доскажу, — сказал, недовольно посмотрев на отца, Альберт. — Так вот, все то, о чем я пытался вам втолковывать, я описал с помощью простого арифметического действия: $(L \times T): S = NO$. Где L — это life (жизнь), T — это time (время), S — это space (пространство), а NO — ноль или бесконечность.

— Получается, что моя Жизнь, умноженная на Время, и деленная на Пространство, равна Нулю, так, что ли? — спросил, огорошенный открывшейся ему истиной, отец.

— Нулю или Бесконечности, — уточнил Альберт. — Бесконечность — главное в моих разработках. Она упорядочивает хаос и убирает все преграды. Ее свойства я продемонстрировал вам в действии, переместившись в Аравийскую пустыню начала XX века, и вернувшись назад.

— Вот он, выход! — вскричала мама, по-своему истолковав открытие Альберта. — Наконец-то Леонид может покинуть нас и вернуться в свой мир...

— Конечно, может, — сказал, мило улыбнувшись, Альберт. — Только ему надо соблюсти одно условие: он должен поверить в то, что делает, так же искренне и сильно, как Иисус Христос, когда Он шел по морю...

— Леонид, ты веруешь? — спросила, кинувшись ко мне, мама. — Скажи мне, Леня, ты веруешь?

И я, набрав как можно больше воздуха в легкие, крикнул что было сил:

— ....!

И ливни шли

Киевское небо затянуто тучами цвета армейской шинели. В каштановой аллее, тронутая первой прохладой осени, шелестела листва. И звуки эти напоминали трение жести о жесть. Стас Кажан — гуманитарий, в силу обстоятельств, ставший снабженцем, сидел на скамье, машинально перекатывая в руке два небольших конских каштана.

— Стас. Стас Кажан! — окликнул его кто-то.

Он повернул голову: в двух шагах от него стояла женщина лет тридцати пяти с загоревшим лицом и крашеными светлыми как платина волосами. Её большие темно-карие глаза, оттенённые тушью, излучали снисходительную нежность. Так взрослые смотрят на ребёнка, совершившего какую-то невинную шалость.

— Оля, Оля Ткач! — сказал он, узнав свою бывшую сокурсницу, и неожиданный спазм сдавил ему горло.

— Нет, — сказала она, сбив его с толку своим ответом. — Теперь — я Ольга Полупан!

— А... могла бы... быть... Ольгой Кажан, — сказал, запинаясь, Стас.

— Боже, — воскликнула несколько наиграно женщина, звонко ударив в ладоши. — Как это забавно звучит: Ольга Кажан! Ольга Летучая Мышь, не так ли?

«Почему забавно?» — подумал он. И продолжил:

— И чем занимается Ольга Полупан?

— Работаю в институте языка и литературы, кандидат наук, сейчас пишу докторскую, да вот все никак не закончу...

— Что так, тема трудная? — спросил он участливо.

— Да ничего сложного, но, понимаешь, семья, дети, — сказала она.

— И много их у тебя?

— Один сын.

— Да? И как зовут юного пана Полупана? — перешёл он на шутливый тон.

— Стас, то есть Станислав, — сказала, смутившись.

— И на кого похож мой тёзка?

— Не обольщайся! — бросила она ревниво.

Пока разговаривали, присматриваясь, как бы изучая, друг к другу, первые тяжёлые капли дождя ударили по листьям каштанов, запрыгали по асфальту.

— Побежали, здесь рядом кафе, там переждём дождь, — сказала Ольга. — И бросилась взапуски с грозой, а он — следом за нею.

Забежав в кафе, плюхнулись, расслабившись, тяжело дыша, на стулья за столом у окна, выходящего на Крещатик[1]. Дождь усиливался. Стас, выглянув на улицу и, услышав «пушечную» канонаду грома, подумал: «Это надолго». И спросил Ольгу:

— Кофе будешь?

Она кивнула утвердительно головой.

— С пирожным?

— Я люблю заварные, — уточнила она.

— Все ещё не верится, что вижу тебя, столько лет прошло, — сказал он, сделав глоток кофе и охватил взглядом всю её ладную женскую фигуру.

Ольга сидела вполоборота к нему и, казалось, равнодушно смотрела сквозь запотевшее окно на улицу.

---

[1]. Центральная улица Киева.

Но от него не ускользнуло, как её щека, повёрнутая к нему, шея и даже ушная раковина разом порозовели.

— Да, время летит, что твой курьерский поезд, — произнесла задумчиво Ольга, и повернулась к нему. Смутившись, он отвёл глаза, утопив взгляд в чашке с кофе. А она начала негромко, нараспев, читать:

На всех парах летело лето,
Нас увлекая за собой.
И все, что вдаль несла планета,
Звалось и жизнью, и судьбой...

Это были его, Стаса, давние, ещё студенческие стихи.

«Надо же, она помнит их и читает наизусть!» — подумал, удивившись, он.

— Ты ещё пишешь? — спросила она, кончив читать.

— Иногда, — слукавил он.

— Что значит, иногда?

— Поэзия, как и любовь: или она есть или её нет.

— Хочешь сказать, что ты сейчас один и вольный, как казак?

— Я говорю о том, что первое и второе — это высшее проявление человеческого духа.

— Не морочь мне голову банальностями.

— Вот видишь, ты все понимаешь, а спрашиваешь.

— А книгу ты хоть пытался издать?

— Издал, — сказал он и отвёл глаза в сторону.

— И как ты её назвал?

— Так и назвал: «И ливни шли...», — пустился он вот все тяжкие.

— Это в память о Фонтанке, да? Ты вспоминаешь о том времени?

— Не часто.

— Но почему?! — в голосе Ольги прозвучала то ли удивление, то ли обида.

— Потому что это было давно, — сказал он.

— А мне кажется, совсем недавно! — сказала она, сделав ударение на последнем слове. И снова отвернулась к окну.

Ливень вдруг прекратился. Ольга и Стас вышли на Крещатик. Витрины кафе и магазинов сверкали, умытые только что прошедшим дождём. С мокрых каштанов, ненадолго зависая на резных краях лапчатых листьев, срывались как бы нехотя большие капли и, пролетев секунду–две в свободном падении, ударялись с глухим шлепком о мокрый асфальт.

— Ну, мне пора, — сказала Ольга.

— Я проведу тебя, — откликнулся Стас с юношеской готовностью.

— Не надо, я спешу, — сказала она, точно обдала его ушатом ледяной воды.

Когда они подошли к станции метрополитена, Ольга порылась в сумочке, достала визитную карточку, протянула ему.

— Позвони мне завтра, я после двух буду свободна, — сказала она, и, ничего не объясняя, ушла.

Оставшись один, Стас проводил взглядом Ольгу: вот она, миновав турникет, шагнула на эскалатор и словно провалилась сквозь землю. Только после этого, очнувшись, он бросился вдогонку. Спустившись в подземку, разыскал её в толпе и спрятался за колонной. Подошёл поезд, плотная человеческая масса, подхватив их, втянула внутрь вагона.

«Зачем ты увязался за нею? Как нельзя дважды войти в одну и ту же реку, так нельзя дважды оказаться в одной и той же постели...» — думал он, не отрывая взгляда от Ольги.

Она стояла, задумавшись, в углу переполненного вагона, держась за поручень и смотрела в окно.

Стас протиснулся ближе к Ольге, остановился рядом. На очередном повороте поезда кто-то из пассажиров навалился на него, прижав его к спине женщины.

Оглянувшись, она сказала, смутившись: «Ты!?» И, покачав из стороны в сторону головой, как бы осуждая его, произнесла примирительно-сакраментальное:

— Сумасшедший!

Ольга жила на Позняках — в новом районе столицы, мало чем отличавшемся от новостроек в других крупных городах.

Маневрируя между оставшимися после недавнего ливня лужами, Стас и Ольга шли молча. Оба чувствовали неловкость: говорено было много, а главное так и осталось невысказанным.

— Вот здесь я и живу, — сказала Ольга, когда они вышли на улицу Княжий Затон. И кивком головы указала на серый бетонный параллелепипед.

Обошли ещё несколько луж и остановились у первого подъезда.

— Спасибо, что провёл, я рада была тебя видеть, — сказала Ольга будничным голосом, протянув ему по-мужски руку для пожатия. И, набрав код на входной двери, добавила:

— Так ты мне позвонишь?

…Дома, переодевшись, Ольга пошла на кухню, готовить ужин. «Неужели я все ещё его люблю?» — спрашивала она себя между делом. Все у неё валилось с рук. Чистя лук, порезала палец, картофель, как она не старалась, подгорел, снимая сковородку с плиты, обожглась. Вскоре домой вернулся сын, насвистывая какую-то мелодию.

— Станислав, не свести в доме: енег не будет! — сказала раздражённо она.

— Их и так нет, зачем зря беспокоиться! — последовал привычный уже ответ.

— Не умничай! Иди лучше поешь, я приготовила твой любимый жареный картофель, — сказала она, потрепав сына по курчавой голове, подумав про себя: «Как хорошо, что он не похож на Парамона...»

Заварив крепкий кофе, Ольга с чашкой в руке ушла в свою комнату с твёрдым намерением поработать. Включив компьютер, открыла файл с начатой докторской диссертацией «Метафора, её разновидности и функции в новеллах Юрия Островерха».

«Теория метафоры основательно разработана мировой литературно-теоретической наукой», — прочитала она академическую банальность. Но пробежала глазами абзац до конца: «Всякая метафора рассчитана..., умение видеть второй план метафоры..., развёрнутая метафора реализует задачу..., метафора — своеобразный рычаг...»

— «Рычаг»! Боже, какая тоска! — злилась на себя, на свою бесталанность, на несчастливую семейную жизнь, наконец, на Стаса, не хотевшего понять её.

«Ну, хотя бы не был таким холодным — не чужие люди! Или все-таки чужие? Столько лет прошло...» — подумала Ольга невесело.

Выключив компьютер, она встала из-за стола, погасила настольную лампу и, как была одетой, так и бросилась ничком на кровать. Сквозь шум дождя услышала скрип входной двери, какую-то возню в прихожей, нетвёрдые шаги — домой вернулся муж, профессор Парамон Полупан! Спустя какое-то время он заглянул привидением в её комнату, наполнив воздух выхлопом винных паров, и, убедившись, что жена спит, ушёл к себе.

Как только за мужем закрылась дверь, Ольга перевернулась на спину, уставилась невидящим взглядом в потолок. За окном по-прежнему шумел монотонно ливень. Такие же, затяжные дожди, шли и тогда, в посёлке Фонтанка, куда их курс отправили убирать помидоры.

Воспоминания юности согрели одинокую женскую душу. Она увидела себя и Стаса — молодыми, влюблёнными, не помнящими себя от счастья. Вот они вдвоём на фонтанском пляже, вот они в совхозном сенохранилище. Идёт дождь, где-то под самой шиферной крышей воркуют, о чем-то своём голуби, пахнет помётом и мышами. Но это не мешает им любить друг друга...

«Ну и дура! — недовольно бурчал Парамон, расхаживая взад-вперёд по комнате. — Муж пришёл домой, а она спит как ни в чем не бывало! А какой была милой обходительной девушкой, когда я вырвал её из провинции, — продолжал он. — Человека из неё сделал, сына воспитал как своего, а она крутит носом, стерва!» Оглянувшись воровски на дверь, он достал из буфета бутылку с жидкостью, цветом напоминавшую абсент.

«Вот была бы здесь Катерина, она бы все быстро устроила!» — мечтательно произнёс он. И, налив в фужер «абсента», опрокинув зеленоватую жидкость в себя, смачно крякнул, и вышел на балкон покурить.

«И почему я не остался у неё? — поёживаясь от сырости и холода, думал Парамон Полупан, вспоминая молодую аспирантку, с которой славно провёл сегодняшний вечер. — Она хороша, но я ещё ничего!..»

Он вынул из брючного кармана пачку «Marlboro», достал сигарету, прикурил её от зажигалки и сделал глубокую затяжку. То ли от сигаретного дыма, то ли от выпитого спиртного у Парамона закружилась голова, к горлу подступила тошнота. Он инстинктивно шагнул к перилам балкона, перегнулся через них и запустил содержимое желудка в ночное пространство. А когда наступил второй позыв рвоты, он поскользнулся на мокрой от дождя керамической плитке, которой был устлан пол балкона, потерял равновесие и... оказался по ту строну перил. «Что же это я так — бутылку не спрятал?

Жена будет недовольна», — последнее, о чем успел подумать он...

«Странно, я ещё помню его ласки!» — думала, улыбаясь в темноте своей комнаты Ольга. И почти физически ощутила долгие поцелуи: в губы, в шею; его, Стаса, горячую ладонь, скользящую по её талии, внизу живота. В изнеможении она запрокинула голову, прикусила нижнюю губу, чтобы не закричать... и услышала, как ей показалось, настойчивые трели телефона. «Стас! Это Стас! Я сейчас, сейчас!» — приговаривала Ольга, вскочив с кровати. И только включив свет и ощутив босыми ногами холодный пол, она осознала, что звонил не телефон. Это кто-то неизвестный нажал на кнопку электрического звонка их квартиры и громко стуча во входную дверь...

Фирменный поезд «Черноморец» уносил Стаса Кажана в дождливую сентябрьскую ночь. В купе спального вагона он был один. И, значит, ему сегодня не придётся делить с кем-то жизненное пространство. Может быть, уже до самого утра. Сев у окна, он достал из кармана пиджака каштаны и, перекатывая их привычно в руке, подумал о встрече с Ольгой. У него, как у каждого мужчины, был достаточно изощрённый ум, чтобы, рассуждая о деловых и других качествах женщины, упустить из виду своё участие в её судьбе. «Новая квартира в столице, любящий муж, сын-отличник, престижная работа, докторская диссертация на подходе — что ещё нужно женщине для счастья?! — искренне радовался за Ольгу Стас. — Она сделала свой выбор и, кажется, весьма довольна им...»

Он расстелил постель и, укрывшись тонким суконным одеялом, удобно растянулся на полк плацкарта и закрыл умиротворённо глаза. И как только он смежил веки, увидел себя и Олю Ткач. Они стоят в кабинете декана филологического факультета, профессора Ивана Дузя, переминаясь с ноги на ногу. Тот, перелистывая какую-то книгу, не обращает на них внимания.

Наконец, декан поднял лицо, и взгляд его выцветших склеротических глаз, словно случайно наткнулся на стоящих у двери студентов–дипломников. Он внимательно посмотрел на Ольгин округлившийся живот, перевёл взгляд на Стаса.

— Станислав, — сказал Иван Михайлович мягким отеческим голосом. — Возьми Олю за руку. Взял? А теперь веди её в ЗАГС. И, смотри, без брачного свидетельства на факультет не возвращайся, — в голосе декана появились строгие начальственные нотки, не допускающие никаких возражений. — Так и знай, без него ты диплом не получишь!

Стас и Ольга, держась за руки как провинившиеся школьники, спустились в холл, вышли на улицу. Там, у клумбы, их дожидался сокурсник Виталий Каховский верхом на мотоцикле «К-750», который он выиграл в лотерею.

— Садитесь, — сказал мотоциклист, добродушно улыбаясь. — Иван Михайлович поручил мне доставить вас куда следует.

Оля покорно села в коляску, Стас устроился на заднем седле. Мотоциклист отпустил сцепление, выехал на Французский бульвар и взял курс на Аркадию.

— Ну, держитесь! — крикнул Виталька, и прибавил газу.

Мотоцикл, набирая скорость, подскакивал на булыжной мостовой. Встречный ветер упругой струёй обдувал их лица, неистово трепал волосы на головах. Краем глаза Стас видел, как Ольга цепко держалась двумя руками за борта коляски, вероятно, не ожидая ничего хорошего от этой сумасшедшей езды. Вдруг тяжёлая машина, разогнавшись, подпрыгнула, ещё раз подпрыгнула, словно пытаясь оторваться от земли и...взлетела. И паря над шоссе, начала стремительно набирать высоту. Далеко внизу остались кафе «Огонёк», куда они ходили пить кофе, университетский ботанический сад, гостиница «Юность», санаторий «Россия». Над аркадийским пляжем их подхватил восходящий поток воздуха и понёс все выше и выше.

И вот они втроём, Стас Кажан, Оля Ткач и лихой пилот Виталька, летят верхом на мотоцикле навстречу неизвестно откуда взявшимся грозовым тучам...

Ошибка Караваджо

Жаркое знойное южное лето, которому, казалось, не будет конца, внезапно кончилось. И также, неожиданно, началась осень. Но сентябрь продолжал радовать нас теплыми солнечными днями, как это часто бывает в Одессе.

На улице Дерибасовской молодые липы стояли вдоль тротуаров как старшеклассницы, прикрывавшие стыдливо стройные ноги легкими платьицами, словно сшитыми из перламутровых крыльев речных стрекоз. Умиротворенность погожего дня передалась и моей спутнице. Девушка была в том возрасте, когда она еще не утратила способности удивляться, и удивлять. Это мне нравилось больше всего.

Познакомились мы случайно, столкнувшись в коридоре редакции одной из местных газет. «Экскьюз ми», — сказал я, имея глупую привычку употреблять к месту и не к месту несколько заученных английских фраз. Девушка, вскинув удивленно рыжие брови, подняла на меня свои серо-синие глаза, мол, откуда ты такой взялся.

Пытаясь превратить все в шутку, я выпалил:

— Очень приятно, Саша. А вас?

— Александра, — автоматически ответила девушка. И мы рассмеялись, удивившись совпадению наших имен. Как оказалось, моя новая знакомая работает в газете корректором. Но метит в жизни на большее, учась на заочном отделении Киевского института искусств.

Мы шли по Дерибасовской, радуясь погожему осеннему дню. Александра периодически бросала взгляды на витрины, в которых она отражалась, — так делает большинство женщин, чтобы лишний раз убедиться, как они прекрасны. Когда мы проходили мимо ювелирной лавки, я тоже скосил глаза на витрину и среди ювелирных украшений увидел бесплотную сомнамбулическую фигуру Саши. Но моего отражения рядом не было: витринное стекло игнорировало меня.

Миновав когда-то модное кафе «Алые паруса» с боковой стеной из прозрачного стекла, за которым просматривался интерьер и посетители в интерьере, мы пересекли улицу Екатерининскую, и подошли к «дому китобоев» с крупно-зернистой штукатуркой болотного цвета. На противоположной стороне улицы сверкало большими окнами четырехэтажное здание ресторана «Братислава», с кулинарией и кафе в первом этаже. Его строительство было приурочено к юбилейной дате: 50-ю октябрьского переворота 1917 года в Петербурге. И какое-то время ресторан так и назывался: «Юбилейный». Но после оккупации советскими войсками Чехословакии, вероятно, по политическим соображениям, ресторан переименовали в «Братиславу».

— Знаешь, на месте этого ресторана когда-то стоял старенький, почти игрушечный, домик из камня-ракушечника, и в нем была знаменитая на всю Одессу пельменная, — сказал я.

— Знаменитая, потому что ты ел там пельмени? — сыронизировала Саша.

— Да, в юности я часто с друзьями заходил в эту пельменную перекусить. А зимой, продрогнув на холодном, дующем с моря ветругане, погреться. Там было тепло и влажно от испарений, исходивших из кухни, остро пахло уксусом и красным молотым перцем, — сказал я. И тут же переключился на другую тему.

— Улавливаешь? — спросил я Александру, поведя носом по воздуху.

— Что именно? — спросила она, удивившись.

— Запах, запах поджаренных зерен арабики! — сказал я как заправский «вынюхиватель кофе». А минуту – две спустя мы уже входили в небольшое, всего на три стоячих столика кафе «Малятко»[1].

— Вам как всегда? — встретила нас улыбкой буфетчица Анна, хорошо знавшая меня. Я нередко заходил в это кафе с друзьями выпить коньяку с кофе, закусывая дольками лимона с сахаром. Коньяк Анна наливала, соблюдая конспирацию, в маленькие фарфоровые чашечки с голубым ободком по верхнему краю. Но в этот раз я был с девушкой и, улыбнувшись Анне в ответ, сказал:

— Пожалуйста, дайте нам по два бутерброда с ветчиной и сыром и две большие чашки кофе.

— А я и не знала, что в Одессе есть кафе с таким милым названием! — сказала Александра.

Значит, ей понравилось, подумал я. И это мне на руку: ничто так не сближает мужчину и женщину как совпадение их взглядов и вкусов. Покончив с бутербродами и кофе, мы вышли из кафе, прошли метров пятьдесят и остановились на углу улиц Дерибасовская и Ришельевская. С этого места еще не было видно и слышно моря. Но близость его уже ощущалась по дуновению легкого бриза, шевелившего листья лип и щекотавшего кожу лица.

Из угловой кондитерской доносились запахи миндаля, марципан и кофе, вызывая адекватные ассоциации. И я не удивился, когда Саша, пристально

____

[1]. Малыш, (Укр.).

вглядываясь в очертания Одесского театра оперы и балета, сказала:

— А, знаешь, он мне напоминает большой шоколадный торт...

— Да, изготовленный кулинарами в стиле венского барокко, переходящего в рококо, и с музыкальной начинкой внутри, — поддержал я Сашин экспромт.

— Ты уверен?

— В чем?

— В том, что это венское барокко, переходящее в рококо? — спросила она, поставив меня в тупик...

Спустившись вниз по Дерибасовской, мы оказались на улице Пушкинской. Когда мы подошли к Музею западного и восточного искусства, Саша предложила зайти в музей посмотреть одну интересующую ее картину. Минуту спустя, купив в кассе билеты, мы взбежали по ступеням мраморной лестницы, и оказались на втором этаже, где располагалась главная музейная экспозиция.

Просторные с высокими потолками залы в этот час были пустыми. Переходя из одного в другой, мы невольно пугали старушек-смотрительниц, дремавших по углам, сидя на венских стульях. Услышав скрип паркета под нашими ногами, они вздрагивали, вскидывали головы на тонких морщинистых шеях и, моргая как совы, смотрели подслеповатыми глазами в нашу сторону, не видя нас.

— Вот она! — сказала тихо Александра, когда мы подошли к картине Микеланджело да Караваджо "Поцелуй Иуды». На холсте художник изобразил финальный эпизод трагедии, произошедшей на Масличной горе две тысячи лет назад после того, как Иисус совершил молитву о чаше.

Слабое колеблющееся пламя факелов выхватывало из кромешного мрака иерусалимской ночи несколько ключевых фигур и деталей той сцены. Они так и застыли навечно под кистью художника: на переднем плане Учитель, его ученик Иуда, стражники в металлических доспехах и шлемах. По выражению лица Иисуса можно было догадаться, что Он смиренно принимает происходящее и готов к тому, что предначертано Ему свыше...

— Обрати внимание, как экспрессивно художник изобразил двенадцатого апостола. Он весь в движении, он весь в горячке, он спешит исполнить нечто большее, чем по давней традиции поцеловать Иисуса Христа, — сказала Саша.

— О чем ты говоришь, Саша? — спросил я, подумав, что она перегрелась на солнце.

— Иуда Искариот выполняет божественную миссию: он содействует гибели, а через гибель воскресению Сына Божьего и спасению всего человечества. Ему вряд ли была известна конечная цель. Но роль свою посредника, назначенную ему самим Учителем, он исполняет со всей ответственностью, на которую только был способен.

— А представь, не будь этого поцелуя, мир мог пойти по-иному пути, — сказал я, подыгрывая Саше.

— Не богохульствуй. Все произошло так, как должно, и ничего не могло быть иначе, — сказала она.

Я подошел к ней, примирительно обнял ее одной рукой за плечи и привлек к себе. Замерев, мы смотрели на Христа, на Иуду, на стражников, на остальных апостолов, застывших в растерянности и панике. Но в отличие от них мы знали, как и чем закончится эта новозаветная история.

Обогащенные новыми мыслями и чувствами, мы вышли на улицу и остановились у входа в музей. Солнечный луч прозрачным мазком лег на веснушчатое лицо Александры. С верхней ветки платана сорвался одинокий лист. Он падал как подбитый фронтовой бомбардировщик «ЯК-28», медленно вращаясь вокруг своей вертикальной оси, смещаясь вправо от меня. Я проводил его взглядом до тех пор, пока он не упал на мостовую, а когда оглянулся, Саши рядом не было.

Я простоял у входа в музей минут двадцать, растерянный, ошеломленный и озадаченный: было ли все то, что произошло сегодня со мной наяву или это мне только пригрезилось? Раздосадованный, я уже собрался уходить, когда тяжелая створка музейной двери поддалась под чьим усилием, распахнулась и выпустила улыбающуюся Александру.

— Ты задумался, а я не поленилась и сбегала еще раз взглянуть на картину, — сказала она смущенно.

— Что-то забыла или вспомнила о чем-то? — спросил я, не зная, чего еще мне ожидать от девушки с глазами-хамелеонами.

— Я решила проверить, не ошибаюсь ли я в своих предположениях? Понимаешь, Караваджо на этой картине изобразил стражников, схвативших Христа, в металлических доспехах и шлемах, каких в Римской Империи той эпохи еще не было. Облачения такой конфигурации появились гораздо позже, может быть, в средние века, — сказала Саша.

— О! Художники часто привирают, — сказал я. — Но ты их выведешь на чистую воду. Правда?

Саша посмотрела на меня, проверяя, не привираю ли я? Потом взяла меня под руку. И мы, завернув за угол, вышли на улицу Греческую и направились к Строгановскому мосту. А оттуда уже было рукой подать до приморских склонов...

Как дикая магнолия в цвету

Они могли никогда не встретиться, разлететься в разные стороны мироздания подобно частицам протоматерии. Однако Его Величеству Случаю было угодно зачем-то свести их вместе. Может быть для того, чтобы они узнали себя такими, какими они есть на самом деле. Потому что большинство людей так и умирают, не узнав, кем они были в действительности и зачем пришли на эту землю.

Трас Квитко, юноша двадцати одного года от роду, демобилизовавшийся из Военно-воздушных сил, и работавший докером в Одесском порту не знал этого тоже, когда познакомился с Ларой — девушкой с овальным солнечным лицом, светлыми, как южное летнее небо глазами и пухлыми по-детски розовыми губами с блуждающей на них стеснительной улыбкой. Девушка как девушка, юная симпатичная. Она только что окончила среднюю школу, готовилась к поступлению в университет. И на первых порах они встречались не чаще одного-двух раз в неделю и гуляли вдвоём по пепельным от летнего зноя улицам Слободки-Романовки.

За дощатыми и каменными заборами цвели мальвы. Во дворах, на летних кухнях, полногрудые, тучные как изваяния Будды домохозяйки жарили на сковородках бычков или кильку в кляре. И запахи подгоревшего подсолнечного масла и рыбьего жира, смешавшись, выплёскивались на улицы, сообщая этому одесскому предместью своеобразный акцент.

Лара, несмотря на свой юный возраст, имела обо всём своё особое мнение. Втемяшив себе что-то в голову, она уже не отступалась от него. Провалив вступительные экзамены в университет, она вдруг загорелась желанием познакомить Тараса с родителями, вероятно, решив доказать им, а, скорее, самой себе, что она уже взрослая девочка.

— Рано знакомиться с родителями, когда мы сами ещё так мало знаем друг о друге, — сказал он.

— А я боюсь, как бы не было слишком поздно! — заявила Лара.

Отец Лары, Афанасий Сидорович Купченко, седовласый, аскетического вида старик, служил в молодости кочегаром на судах торгового флота и был уже на пенсии. Мать, Наталья Васильевна, была моложе мужа, и ещё работала в военизированной охране сталепрокатного завода. Отнеслись они к Тарасу весьма доброжелательно, может быть, видя в нем своего будущего зятя.

После этого хитрого, по мнению Лары, «дипломатического» хода уже можно было пригласить Тараса в дом. И когда они оказались в ее скромно обставленной комнате, она усадила Тараса на кровать. И, как это всегда бывает со вчерашними школьницами, стала демонстрировать ему любительские снимки, сопровождая их комментариями: «Вот я в детском саду, а вот в пионерском лагере...» Когда она в своём рассказе подошла к событиям школьного выпускного вечера, Тарас обнял её и поцеловал в полуоткрытый от удивления рот. Лара зажмурилась от неожиданности, и он автоматически смежил веки. А когда открыл их, они уже лежали на кровати, голов к голове, глаза в глаза, губы в губы. Это были их первые неумелые, но сладостные объятия и поцелуи. А небольшая девичья комната, в которой это случилось, стала в последствие местом их свиданий и молчаливым свидетелем невинных юношеских ласк.

Родители Лары, доверявшие дочери во всем, не мешали уединению молодых. Только иногда за стеной, отделявшей комнату Лары от кухни, то и дело звучал хрипловатый голос Афанасия Сидоровича. Бывший кочегар, вероятно, тоскуя о давно прошедшей молодости, выпив шкалик водки, сидел в одиночестве за столом и выводил старательно слова ностальгического танго Александра Вертинского «Магнолия».

Вскоре Лара снова проявила характер. Вопреки протестам родителей устроилась на работу в отдел технического контроля на винный завод. Как-то Тарас встречал ее после смены. Лара вышла из проходной раскрасневшаяся, с лихорадочно блестевшими лазами. О нее пахло спиртным, а в ее поведении и движениях появилась непривычная раскованность такой себе бесшабашной слободской девчонки. Когда они шли аллеей тихого запущенного Дюковского сада, она запела:

Как на Дерибасовской угол Ришельевской
В восемь часов вечера облетела весть:
У столетней бабушки, бабушки–старушки,
Шестеро налётчиков отобрали честь...

Услышав беспомощное пение девушки, Тарас улыбнулся. Заметив это, она начала ему дерзить.

— Какой же ты мужчина, если не знаешь, чего хочет женщина? – сказала она развязно, с вызовом. – Шел бы ты лучше домой, парень, да у тебя и дома-то нет!

После чего они повздорили. Не сдержавшись, Тарас влепил Ларе пощечину. Она ответила ему тем же и, вся в слезах, убежала.

Несколько дней спустя он пришел к ней домой. Наталья Васильевна, узнавшая, естественно, обо всем, что произошло между ними, встретив Тараса, сказала с ехидцей в голосе:

— Я так и знала, в тихом болоте черти водятся! — весьма точно определив характер юноши.

Афанасий Сидорович тоже не остался равнодушным к произошедшей между молодыми размолвке.

— Лара хорошая девочка! Как мужчина мужчину прошу тебя: не трогай ее, не обижай, – сказал он, сверля Тараса своими колючими синими глазками. И юноша прекрасно понял, что имел в виду старый морской бродяга.

Не задержавшись долго на винном заводе, Лара устроилась младшим продавцом в «Дом книги». Работая в отделе искусств, она стала интересоваться живописью, пыталась приобщить к этому и его, Тараса. А однажды подарила ему редкую монографию — «Поль Сезанн». Зима в том году выдалась холодной и снежной. Одесский залив покрылся льдом. И когда у Тараса и Лары совпадали выходные, они отправлялись гулять на взморье. Бродили подолгу между ледяных торосов, бросались друг в друга снежками. Устав, выходили на берег, садились на скамейку и говорили о каких-то необязательных вещах, обсуждали кинофильм, который смотрели накануне. Тарас угощал Лару апельсинами, которые принёс из порта. Взяв один из них, он снимал оранжевую корку и, разломав фрукт на дольки, клал их по одной в раскрытый рот девушки. Та запрокидывала голову, смеялась, показывая острые как у дикой кошки зубы. А он, изловчившись, целовал её в сладкие от апельсинового сока губы.

— Ты меня любишь? — спросила как-то Лара в один .

— Люблю, люблю, люблю! — крикнул он во весь голос, как кричат очень счастливые люди или оглашенные.

— Ну, и что мне делать с твоей любовью? — спросила она иронично.

Но он не придал значения ее словам. Любовь сделала его глухим и слепым, он слышал и видел только то, что хотел видеть и слышать, не зная о такой простой истине, что женщина, даже если она моложе мужчины, она всегда старше его на целую жизнь.

Он сидел рядом с Ларой, отстранённо наблюдая, как стая проголодавшихся чаек, слетевшихся поклевать апельсиновых корок, взлетела в воздух. Беспорядочно кружа над их головами, птицы надрывно кричали, словно осуждая этих двух молодых людей, не понимающих друг друга.

Весна, как всегда на юге, пришла неожиданно. В ложбинах парков, в темных углах дворов, куда не доставали лучи солнца, еще лежал грязноватый снег, а на городских рынках уже торговали подснежниками. А вскоре на лысых пригорках высыпали золотыми веснушками одуванчики. Радуясь весне, Тарас не замечал, как вчерашняя школьница неотвратимо превращалась в женщину. По весне у Лары не только округлилась фигура, но и мысли и желания стали другими. Но юноша и представить себе не мог, чем обернуться для него эти метаморфозы.

В один из тихих майских вечеров, оставшись одни, они предавались привычным уже интимным ласкам. Но в этот раз Лара нервничала. Все её женское естество требовало больше того, чем они занимались. Вдруг, выгнувшись дугой, она прижалась к Тарасу. И в настороженной тишине девичьей комнаты прозвучало тихое, как шелест молодой листвы под дуновением южного ветра: «Люби меня...» Мгновение спустя, призыв повторился, но громче и настойчивее: «Ну, же! Возьми, возьми меня! Возьми!»

Не помня себя от волнения, Тарас навалился на распластавшуюся в нетерпеливом ожидании девушку. И в этот момент ему послышался голос Афанасия Сидоровича, доносившийся из кухни:

...И, нежно вспоминая
Иное небо мая,
Слова мои, и ласки, и меня...

Он соскочил как ужаленный с ничего не понимающей Лары. Сел на кровать, натянул брюки, трясущимися руками застегнул "молнию". И замер в ожидании.

Прошла минута или две. Лара, не дождавшись от Тараса активных действий, спрыгнула с кровати на пол и с каким-то животным стоном выбежала из комнаты. Когда, помедлив, Тарас вышел на кухню, увидел Лару одну. Она сидела на табуретке за столом и плакала, уткнувшись лицом в ладони. Растерянный, ошеломлённый, он подошёл к ней, положил руки на её вздрагивающие от рыданий плечи, намереваясь обнять, успокоить. Но девушка резким движением отстранилась от его неуклюжих жестов и зарычала неестественно хриплым голосом юной неудовлетворённой самки:

— Ненавижу, ненавижу тебя, уходи, сейчас же уходи! — и, спрятав лицо в мокрые от слёз ладони, продолжила истерически рыдать...

Вскоре Лара ушла из книжного магазина и устроилась на работу секретарём в художественное училище. И в этот раз она поступила так, как считала нужным. В училище у неё появилось поклонники из числа студентов. Это тешило её самолюбие. Тарас, чувствуя себя без вины виноватым, принял Ларин поступок как должное. Однако с этих пор отношения между ними вконец испортились. Однажды он пришёл к ней домой, но там её не оказалось. И родители не знали, где она.

«Зато я знаю где!» — подумал он с яростью. Безотчётная слепая ревность управляла им. Он не помнил, как ехал со Слободки трамваем, как оказался в общежитии художественного училища. Проходя коридором первого этажа, он услышал мужские голоса, доносившиеся из-за двери одной из комнат, и остановился, прислушиваясь. Вдруг раздался женский смех. Он сразу узнал его: это смеялась Лара. Забыв о приличиях, не постучав, он вошёл в комнату. За круглым столом с бутылками шипучего вина сидела компания «бурсаков». Привыкнув к полусвету, Тарас увидел Лару. Она сидела на коленях у одного из парней и смотрела на него с вызовом, как бы говоря ему с упрёком: «Ты сам виноват в том, что с нами произошло!»

Тарас хотел что-то сказать, но слова застряли у него в горле. Да и что он мог и смел говорить? Развернувшись, он вышел в коридор. А затем — на вечернюю улицу. Оказавшись в Городском саду, он зашёл с чёрного хода в буфет ресторана «Кавказ». Выпил стоя сто пятьдесят граммов водки, хотел заказать ещё, но передумал. В голове и так прояснилось. На душе стало спокойно, даже весело. Словно не было никакой Лары, никой любови, никакой ревности, никакой драмы, а был один длинный скабрёзный и смешной анекдот. Но ему не хотелось смеяться...

Они встретились в августе на Греческой площади. И оба обрадовались этой случайно встрече, как старые приятели, давно потерявшие из виду друг друга. Прогуливаясь Александровским проспектом, разговаривали. Он спрашивал Лару, как поживают ее родители, поступила ли в педагогический институт её лучшая подруга Наташа. А она интересовалась его друзьями, с которыми он успел её познакомить. Беседуя, они не заметили, как оказались на Старобазарной площади. Вдруг на колокольне Свято-Успенского собора ударили колокола, расколов пространство и просыпал им под ноги звуки, которые прокатились по асфальту, как медный грош.

— Ой, я и забыла. Сегодня Яблочный Спас! — сказала Лара. И, достав из сумочки большое красное яблоко, протянула Тарасу. Он смутился, и сказал:

— Откуси ты первой!

— Нет! Лучше, ты первым! — сказала она, дерзко взглянув ему в глаза.

Впервые за эти полчаса или час, которые они провели вместе, Тарас с удивлением и смущением осознал, что ничего не прошло. И Лара, эта, уже чужая ему, замужняя женщина, волнует его не меньше прежнего. Но темы для разговора исчерпались, пора было расставаться. Однако ни он, ни она не спешили сказать друг другу последнее «прощай».

Лара замедлила шаг, задумавшись, словно решала для себя что-то очень важное. Затем посмотрела на Тараса своим характерным взглядом, с прищуром. И он увидел промелькнувший в её глазах огонек той самой, озорной, слободской девчонки, которую знавал раньше.

— А не закатиться ли нам, Тарас, с тобой за город, как в былые времена?! — спросила Лара, остановившись и взяв его под руку....

Минут сорок спустя они уже были в городе-спутнике Одессы Ильичевске. Вышли из автобуса, прошли несколько кварталов и оказались на грунтовой дороге. Справа простиралась голая степь, слева в отдалении блистало тусклым зеркалом Чёрное море. Не сговариваясь, они направились к нему. Выйдя на покатый берег, опустились в сухую траву. Свежий норд-ост обдувал их разгорячённые лица. Лара обхватила руками шею Тараса, опрокинулась навзничь, увлекая его за собой. Минут двадцать спустя, поправляя причёску, она сказала:

— Я не хочу сегодня возвращаться в Одессу...

Они остановились на ночлег в доме дальних родственников Тараса Анатолия и Галины Полячик, живших неподалеку, на улице Садовой. Те накормили их ужином, угостили домашним вином и постелили им постель в мансарде. Мансарда оказалась обыкновенным чердаком, а кроватью – набитый ароматным сеном тюфяк. Зато простыни были белыми, чистыми, выглаженными.

— Жаль, что ты тогда испугался, совершив самую большую в своей жизни ошибку, — сказала Лара, лаская Тараса.

— Но сегодня я, кажется, оправдал твои ожидания, не так ли? — спросил он смущенно.

— Не обольщайся, Тарасик, эта ночь мой подарок тебе, — сказала Лара. И, отвернувшись, уткнулась лицом в подушку...

Ковчег неудачников

Сергей допил фужер терпкого с приятной горчинкой каберне и встал из-за стола. Поднимаясь по мраморным ступеням лестницы к выходу из бара, он заметил плакат со стихами: «Уменье пить не всем дано, / Уменье пить — искусство, / Тот не умён, кто пьёт вино / Без мысли и без чувства».

Зарифмованная восточная мудрость отложилась в его механической памяти, но не согрела славянского сердца: уходящий день был омрачён неудачным свиданием с Евгенией — милой работницей одной из одесских швейных фабрик. В Городской сад, на место назначенной встречи, юноша пришёл загодя и, прогуливаясь аллеей, строил планы на вечер. В кино идти не хотелось. И он решил предложить девушке прогулку на катере вдоль морского побережья.

Евгения неожиданно «вынырнула» из боковой аллеи, и, остановившись перед Сергеем, сказала:

— Привет, я не опоздала?

— Ну, что ты! Я сам только что пришёл...

Женя была в белой шерстяной кофте и светло-зелёной юбке, на ногах — ярко-красные туфли на высоком каблуке. Они, как ему показалось, диссонировали с остальными частями одежды. Ему бы не акцентировать на этом внимание, промолчать, но его провинциальное невежество так и перло из него.

— Это такая безвкусица! — сказал он, указав на её модные красные туфли.

Лицо Жени покрылось румянцем, она бросила быстрый взгляд на свои модные туфельки, за которые выложила больше половины своей зарплаты, потом посмотрела растеряно на юношу.

— Зачем ты так, Сережа? — спросила она. И, не получив от него вразумительного ответа, резко развернулась и ушла в сторону улицы Гаваной.

Только после этого Сергей осознал в полной мере, что обидел девушку. Он хотел броситься ей вслед, но не сдвинулся с места. «Сейчас моё запоздалое раскаяние только усилит её неприязнь ко мне!» — решил он. Досада и злость на себя, на свою бестактность довлели над ним. И он, ничего лучшего не придумав, направился в бар «Аксамит Украины».

Когда он спускался в дегустационный зал бара, в котором подавали исключительно вина украинского производства, ещё было светло. А сейчас над городом уже висели фиолетовые сумерки. Желтоватый свет электрических лампионов едва пробивался сквозь густую листву каштанов. На противоположной стороне улицы золотом горела витрина кондитерской «Лакомка», напоминая подсвеченный аквариум. И там, за толстым стеклом, толпились любители сладостей, беззвучно, подобно рыбам, шевеля губами.

Наблюдая за жизнью вечернего города, юноша докурил сигарету и направился нехотя в общежитие порта, где был прописан и жил. Он никогда не спешил в это пристанище советских люмпенов мало чем отличавшееся от других ему подобных. И когда после смены кто-нибудь из коллег спрашивал его: «Куда ты идёшь?», неизменно отвечал: «В ночлежку!»

Сергей шёл улицей Пушкинской. Огромные платаны, раскачиваясь на ветру, с лёгким треском освобождались от прошлогодней сухой коры. Он думал о том, как ему лучше оправдаться перед Женей, и примет ли она его извинения? Наконец, он устал от этого самоедства.

— А в чём я, собственно, виноват? Красное с зелёным — разве это не вульгарно?! — Произнёс он. И так громко, что на него стали оглядываться прохожие. Смутившись, он опустил голову и пошёл дальше, повторяя про себя полные неизбывной тоски строки Ивана Бунина:

У зверя есть нора, у птицы есть гнездо,
Как бьётся сердце, горестно и громко,
Когда вхожу, крестясь, в чужой, наёмный дом
Со своей уж ветхою котомкой...

«Да, «У зверя есть нора, у птицы есть гнездо», а что есть у меня? — Ночлежка!» — констатировал он под монотонный шум платанов над его головой.

«В самом деле, — размышлял он, — можно ли общежитие называть домом в привычном смысле этого слова? Нет, это, действительно, ночлежка, место для отдыха тела, изнурённого непосильным трудом...»

Даже быт в общежитии был устроен соответствующим образом. В комнатах жили по три — четыре человека. У каждого была казённая панцирная кровать, прикроватная тумбочка и один на всех платяной шкаф. Умывальник и туалет общего пользования находились в длинном «п» — образном коридоре, а душ — внизу, на первом этаже.

Все это отлично вписывалось, как ему казалось, в социальную доктрину государства, не сумевшего обеспечить своих подданных нормальным жильём, однако остро нуждающегося в дешёвой рабочей силе. В итоге в стране выросло несколько «поколений бездомных», ютящихся в бараках, коммуналках, холостяцких и семейных общежитиях. Их гимном была нехитрая песенка: «Мой адрес не дом и не улица, мой адрес — Советский союз!» Ее постоянно крутили центральные радиостанции и телевидение.

Вот и он, Сергей, отслужив два года в Советской армии и поступив на работу в порт, получил койко-место в общежитии. Именно так называлось то, что официально считалось его жильём. И жизнь его была проще выеденного яйца. Летом, в свободные от работы часы, он проводил на море. Вечерами ходил на танцплощадку «Огни маяка» в парке Шевченко, которую молодежь называла «Майданом»; зимой он посещал Дворец моряков, Матросский клуб или другие места, где собирались такие же, как и он, молодые люди без определённого будущего.

На одном из таких танцевальных вечеров он познакомился с Евгенией. Девушка стояла особняком под стенкой, уже потеряв надежду на то, что кто-нибудь пригласит её на танец. Сергею тоже не везло с партнёршами, и он подошёл к ней, пригласил на танец. Потом они танцевали вместе ещё и ещё. И так получилось, что он пошёл провожать Женю домой...

Свернув на улицу Жуковского, он перешёл Новиков мост и оказался у дома, в котором жил его приятель Шарик — библиотекарь портового общежития.

Они познакомились в один из мерзких слякотных дней то ли в конце осени, то ли в начале зимы. От нечего делать Сергей зашёл в библиотеку. Там его и встретил библиотекарь Валерий Павлович или Шарик, как его называли между собой обитатели общежития. Разговорились. И Валерий пригласил его на лекцию о современной живописи.

— Лекцию будет читать интересный человек, художник Олег Соколов, — сказал он. — Речь пойдёт о цветомузыке, думаю, тебе понравится.

Шарик был худощавым стройным молодым человеком восточной внешности, с тёмными как кофейные зерна глазами и небрежно-ироничной улыбкой на тонких губах. Впрочем, все у него было тонким и хрупким: и лицо, и руки с изящными почти женскими пальцами, не знавшими тяжёлого физического труда. И мыслил, и говорил он правильно, не так как большинство обитателей общежития. По определению Сергея, Шарик представлял собой тип хлипкого интеллигента, волей случая, попавшего в среду портовых грузчиков.

Позже, когда они подружились, Валерий приятно удивил Сергея своей эрудированностью и широким кругом интересов. Он хорошо знал современную зарубежную литературу, разбирался в изобразительном искусстве, мог запросто рассуждать об экзистенциализме, о «потоке сознания» Джойса и Марселя Пруста. И цитировал наизусть то ли Жан-Поля Сартра, то ли Камю, то ли Кафку — Сергею было все равно, кого. О чем бы не говорил Валерий, все ему было в новинку.

Вечерняя школа, которую он закончил около трёх лет назад, потом служба в армии, а теперь работа грузчиком в порту не располагали к интеллектуальному развитию. И юноша потянулся к своему новому знакомому — не только как младший к старшему по возрасту, но и как менее образованный к более начитанному и знающему человеку.

От Шарика он узнал о творчестве импрессионистов и постимпрессионистов — во время хрущевской «оттепели» и после неё они снова завладели умами молодых людей, интересующихся искусством. А «Любительница абсента» работы Пабло Пикассо стала даже героиней одного из стихотворений Сергея, такого же наивного, каким он был в сам.

До и во время службы в армии Сергей изводил своими писаниями общие тетрадки как заядлый графоман, слабо разбираясь в тонкостях поэтики и языка. Поэтому, естественно, ему все чаще приходили мысли о дальнейшей учёбе. Но теперь это не казалось такой несбыточной мечтой, как раньше. Валерий, студент—заочник филологического факультета служил ему примером.

— А почему бы нам не попробовать издавать журнал? — спросил как-то Шарик Сергея. — Я уже и название придумал: «Слово»! — И посмотрел на юношу своим насторожено-пытливым взглядом. И, сделав паузу, продолжил: — Будем публиковать литературные опыты наших портовиков. — И глаза его, глубоко посаженные и коричневые, как поджаренные кофейные зёрна, матово засветились.

Сергей, не видевший свои стихи опубликованными, даже в рукописном журнале, с воодушевлением воспринял идею Шарика. Начинание библиотекаря поддержала молодёжь из их небольшой компании. Дело было новым, интересным, а, главное, не требующим от них каких-либо усилий. Редактировать рукописи, заполнять от руки журнал брался сам Шарик. Быстро нашёлся иллюстратор нового издания. Им стал Вовка Косенко, работавший грузчиком на втором районе порта и мечтавший стать художником.

Обсуждать и утверждать содержание очередного номера «Слова» собирались в библиотеке. Как правило, особых разногласий практически никогда не возникало. Да и последний вердикт всегда выносил «главный редактор», в роли которого выступал Шарик.

За короткий промежуток времени свет увидели несколько книжек журнала в синей коленкоровой обложке. В одной из них были опубликованы и стихи Сергея.

Я так живу. Мне по плечу

Однако мало кто из авторов журнала догадывался, что этот невинный самиздат был ничем иным как личным протестом интеллигента и интеллектуала, каким был Валерий, против гнетущего официоза, пронизавшего все стороны советской жизни.

Иногда Сергей заходил к Валерию, на улицу Жуковского. Ему было приятно оказаться на время в домашней обстановке. Тем более что хозяин проявлял достаточно гостеприимства, давал посмотреть редкие художественные альбомы и журналы, угощал крепкими настойками, читал свои эссе и рассказы.

Устав от «интеллектуальных» занятий, они играли с сыном Валерия Стасом в оловянных солдатиков. Игра мальчику быстро надоедала, и он уходил в другую комнату. А взрослые продолжали строить игрушечные войска, пускать вскачь кавалерию, высылать на фланги противника бронированную технику...

Увлёкшись игрой и ничего не значащими разговорами, они и представить себе не могли, что так же, как они с оловянными солдатиками, Провидение поступает с ними. Передвигает напропалую по чернобелой доске жизни, не спрашивая на это их согласия...

Одним из развлечений их дружной компании, в которую, кроме Шарика, Кота, Шульца, Косого, входил и он, Малый — так Сергея называли за его небольшой рост и юный возраст, — было питие. Как правило, на это занятие отводился выходной, когда все могли собраться вместе и совершить поход по винным погребкам — их тогда только в центре Одессы насчитывалось около десятка. Самыми известными из них были «Аист», «Аксамит Украины» и «Два Карла». Название последнего было неофициальным. Пьющий народ окрестил так этот винный подвальчик за то, что он находился в центре города, на углов двух улиц: Карла Маркса и Карла Либкнехта. Именно благодаря своему расположению эта ничем не примечательная бодега в 60-70-е года двадцатого столетия вдруг стала достопримечательностью Южной Пальмиры, привлекавшая не только местных, но и заезжих почитателей Бахуса.

В те годы в Одессе было два пешеходных маршрута по посещению винных погребков, — так называемые «малый круг» и «большой круг». «Хождение по этим кругам» — давняя традиция южан. Её соблюдало и чтило не одно поколение знатоков и почитателей солнечного напитка.

Вино в подвальчиках не просто пили, вино дегустировали, комментируя его преимущества или недостатки. Этим и занимались по выходным компания, в которую входил Сергей. Они весело и бездумно прожигали жизнь, не зная цены времени и не ощущая его скоротечности.

Своеобразно складывались отношения обитателей этого ковчега обреченных с женщинами. В внутрь здание, как в мужской монастырь, их не пускали вахтеры или если пускали, то очень редко. Поэтому своих возлюбленных они дожидались у входа в общежитие или на противоположной стороне улицы. А затем влюблённые уходили в парк, на приморские склоны. И там, на свежем воздухе, под ритм морского прибоя они и зачинали потомство, которое ожидала незавидная участь их родителей.

Многие из команды этого пяти-палубного «ковчега неудачников» женились на горожанках. Однако не каждому удавалось прижиться в чужой семье.

Поэтому разводы случались не реже, чем свадьбы. Самые «мудрые» из портовиков поступали весьма предусмотрительно: женившись, делили с женщинами кров, постель и стол, но не выписывались из общежития и не отказывались от своего койко-места. То есть оставляли за собой путь для отхода, на всякий случай. Независимость, индивидуальная свобода ценились превыше всего!

Между тем, процессы за чертой их круга развивались по своим законам. В порту претворяли в жизнь модный на ту пору лозунг: «Сегодня рекорд, завтра — норма!». Это была весьма успешная попытка руководства предприятия повысить производительность труда — без внедрения каких-либо новых технологий или механизмов. В результате расценки снизились, а степень эксплуатации грузчиков возросла.

Примерно в это же время арестовали Вовку Косенко. Поговаривали, что кто-то из приятелей настучал на него из зависти. При обыске в комнате, где бытовал художник «Слова», милиционеры обнаружили целый склад контрабандного товара: джинсы, болоньевые плащи, блоки американских сигарет. Стоимость конфискованного «добра» потянула на три года строгого режима.

Суд был показательным и проходил в «красном уголке» общежития. Во время судебного заседания Косенко вёл себя сдержано и когда объявили приговор, он только посмотрел долгим и грустным взглядом на товарищей, с которыми ему предстояла долгая разлука.

Больше всего Сергея удивила реакция ребят, с которыми Владимир работал и жил. Никого, кроме самых близких друзей, случившееся с ним особенно не затронуло. Мол, судят не за то, что занимался контрабандой, а за то, что попался.

Не потряс обитателей общежития и другой, трагический, случай, когда один из членов этого «Ковчега неудачников», изрядно поддав, разбежался по длинному коридору и выпрыгнул в окно пятого этажа.

— Нас голыми руками не возьмёшь! — успел прокричать отчаявшийся парень, пока пребывал несколько секунд в свободном полете.

Тело самоубийцы до приезда милиции и скорой помощи ещё долго лежало распластанным на асфальте, напоминая смотревшим на него из окон верхних этажей общежития, распятие... Проходившие мимо него грузчики, каждый по-своему оценивал этот отчаянный поступок.

— Дурак! — говорили одни.

— Отмучился! — констатировали другие, вспоминая, вероятно, судьбу патриарха Жданова.

Этому человеку, отдавшему всю жизнь и здоровье порту, так и не удосужились предоставить отдельную самостоятельную квартиру или хотя бы комнату в семейном общежитии порта, где он мог бы мирно дождаться встречи с богом. Выйдя на пенсию, он продолжал жить в холостяцком общежитии, где прошли его лучшие годы.

Страдая старческой деменцией, Жданов бродил неприкаянно целыми днями коридорами общаги, разговаривая с самим собой: «Куда ты идёшь? Куда ты идёшь?», и, упёршись в глухую стену, разворачивался и снова брел, сам не зная, куда...

Размышляя о судьбе ветерана Жданова, Сергей вышел на улицу Маразлиевскую, к парку имени Тараса Шевченко и остановился у памятника поэту. Взглянув на его мощную фигуру, юноша вздрогнул: ему показалось, что металлический Кобзарь ожил и сделал резкий выпад вперёд, словно пытаясь сойти с пьедестала, на который он был водружён. «А почему бы и нет? — подумал Сергей. — Может быть, и памятник не устраивает его монументальная участь...»

Это странное видение подействовало на Сергея как ледяной душ, разогнав долгую и тяжёлую дремоту. В его голове начал созревать план дальнейших действий.

Поднимаясь по лестнице общежития к своему койко-месту, он уже точно знал, что уволится с порта. И навсегда покинет этот странный дом, в стенах которого погибла не одна человеческая мечта...

Эффект профессора Лоренца

Анастасия Кегельбан или просто Ася — лучшее из воспоминаний о моей студенческой молодости. В эту девушку была влюблена едва ли не половина юношей нашего курса — будущих гениев зодчества. Природа ее женского обаяния была такова, что не только студенты, аспиранты, молодые институтские преподаватели, но и солидные мэтры с учеными степенями не могли устоять пред ним. Иногда кто-нибудь из них останавливался в коридоре, пропуская пройти Асю первой, а потом, забывшись, долго смотрел ей вслед.

Несомненно, ее красота и обаяние были результатом смешения в ней двух кровей: австрийской по отцовской и украинской — по материнской линии! Вероятно, именно смещение двух кровей определило ее незаурядную внешность и характер, сочетавший в себе рассудительность с чувственностью. Она знала, что делает и зачем, в то же время смотрела на мир и людей доверчиво-восторженным взглядом подростка.

— Разве можно запрещать человеку получать удовольствие от того, что радует его глаз и согревает ему душу? — спрашивала она, обезоруживая собеседника невинной улыбкой.

Это позитивное отношение к жизни Ася перенесла и на учебу в институте. Не жалуя так называемые общественные науки, она основательно занималась архитектурной графикой, начертательной геометрией, рисунком. То есть отдавала предпочтение тем дисциплинам, которые непосредственно относились к будущей профессии архитектора. Ее курсовые работы были прекрасны. И это вызывало у некоторых сокурсников почти патологическую зависть.

— Подумаешь, Кегельбан создала очередной шедевр! — иронизировала Света Корсакова, лучшая подруга и соперница Аси. Я же, играя на контрапунктах, ненавязчиво, но искренне хвалил их, чем и снискал Асино расположение, со временем перешедшее в дружбу.

Ася, как настоящая одесситка, обожала свой город и щедро делилась его тайнами с другими. Надо ли говорить, как я ценил часы, проведенные вместе с ней. Архитектура, живопись, только что прочитанные книги были постоянными темами наших бесед. Осенью или зимой, когда с Одесского залива задувал пронизывающий северо-восточный ветер, мы, продрогнув, заходили в одно из ближайших кафе, заказывали по чашке черного кофе и рюмке шартреза. Если добавить немного ликера в кофе, он приобретает мягкий вкус с тонким запахом винного спирта. Согревшись, Ася снимала пальто, и к запаху кофе с ликером примешивался ароматом лаванды, исходивший от ее одежды и юного тела. Я назвал эту смесь запахов «Поцелуй Анастасии». И в эти минуты я не желал ничего другого, чем сидеть вот так, плечом к плечу, с Асей за столом кафе и слушать ее девичьи откровения.

— Я хочу любить и быть любимой, — тихонько и отстраненно сказала она в один из таких дней, плотнее прижимаясь к моему плечу. Эти простые на первый взгляд слова прозвучали для меня как вызов и как обещание.

Ася любила свой родной город и придирчиво относилась к тому, как те или иные здания вписываются в городской пейзаж. Создавалось впечатление, что все, заслуживающее внимания, было у нее наперечет. Как-то мы гуляли по приморскому парку, и Ася сказала:

— Хочешь, я тебе покажу один малоизвестный шедевр? — И, взяв меня под руку, повела на территорию санатория, принадлежавшего военному ведомству. Там в глубине парка стоял трехэтажный особняк из потемневшего от времени красного кирпича. Когда мы приблизились к нему, она показала мне изумительную майолику, которой был декорирован его фасад.

— Ты видишь эту красоту, — сказала Ася, показывая желтые цветы и зеленые листья из обожженной специальным способом глины. — Как они оживляют и, я бы сказала, «очеловечивают» этот дом.

Нам нравились тихие улочки «Отрады». Правда, время и нерадивость людей оставили и там свой печальный след. Грустно было смотреть на трехэтажный особняк известного в прошлом одесского типографа Ефима Ивановича Фесенко, стилизованный архитектором Львом Прокоповичем под «средневековый замок». За восемьдесят лет, прошедших со дня его постройки, без ремонта и надлежащего дом был доведен до удручающего состояния. «Бедненький, сколько лет ты еще сможешь простоять в таком виде...» — сказала как-то Ася, остановившись пред фасадом «замка Фисенко». И на глазах ее появились слезы.

— Ну, что хочешь, дома, как и люди, стареют, — сказал я.

— Не повторяй чужих глупостей, — перебила она меня. — Еще наступят времена, когда наш город возродится, обязательно!

Тем не менее, этот тихий приморский район обладал какой-то притягательной силой и присущей только ему поэзией. Отчасти, это было связано с улицами, которые по «недосмотру» партийных властей, сохранили свои прежние «буржуазные» названия: Отрадная, Уютная, Ясная,

Морская. Мы шли по этим улочкам, целовались и читали стихи:

Черепичные кровли, ограды
Непредвиденно-смелый узор.
Начинается берег «Отрады»
Доверительный, как разговор...

А потом мы выходили на взморье, на живописные зады Приморского бульвара. Особенно хорошо там было весной, в первой половине мая, когда цвели акация, персидская сирень и жасмин, наполняя округу дурманящим ароматом. Уютно усевшись в густую траву под каким-нибудь благоухающим кустом, мы смотрели с высокого берега в морскую даль, подернутую легкой полупрозрачной дымкой. Увидев пассажирский лайнер, уходящий в Крым и далее к берегам Кавказа, мы на спор пытались отгадать его название.

— «Украина» — говорила Ася уверенно, вглядываясь в очертания теплохода.

— «Аджария» — уточнял я, узнавая знакомые обводы корпуса и надстройки судна.

Во время летних каникул 1975 года, чтобы подзаработать немного денег, я уехал с институтским строительным отрядом в Ханты-Мансийский автономный округ. Недалеко от Полярного круга, в глухом таежном поселке Агеришь, мы возводили для лесорубов деревянные домики на свайных фундаментах. Приполярные долгие дни и короткие белые ночи, поначалу очаровавшие нас, южан, со временем стали нашим проклятием. Мы работали целый световой день, пока солнце не зависало над зубчатым абрисом тайги, ужинали и отправлялись в армейские палатки, где, закутавшись с головой одеялами, спасаясь от комаров и гнуса, пытались уснуть.

Я тосковал по любимой. И едва ли не еженощно видел один и тот же сон. Мы с Асей сидим на причале, отражаясь в ультрамариновой морской воде. По прихоти волн наши лица то сближаются, то расходятся в разные стороны. В один из моментов, когда я целовал Асю, она своей изящной ножкой пытается стереть эту идиллическую картинку с поверхности воды. Дотянувшись к ней, она медленно соскальзывает с причала, и морская волна накрывает ее с головой. Я ныряю следом, но течение уносит Асю все дальше и дальше от берега и от меня. И в ужасе я просыпаюсь...

В Одессу я вернулся в конце августа, в разгар бархатного сезона. Город переполняла атмосфера чувственности, свободы и легкости бытия. Прилавки на базарах ломились от южных фруктов и овощей, привлекая отдыхающих разнообразием и дешевизной. Каждый встречный на ходу что-то жевал, другие только собирались откусить свой кусок от пирога жизни. На следующий день после возвращения из тайги, я поспешил навестить Асю. По пути я зашел в «Дом книги» на Греческой площади, чтобы приобрести для нее в подарок книгу. На этот раз на прилавках ничего интересного не оказалось. Зато в комиссионном отделе мне попался на глаза сборник стихов Леонида Мартынова «Первородство». Открыв его наугад, я прочитал:

Я Вас люблю! Поэтому

Весь мир творю я заново...

Расплатившись, я вышел на улицу и направился в сторону винного подвальчика «Два Карла»[1]. Рядом находился дом, в котором жила Ася. Увидев первый попавшийся телефон-автомат, я набрал ее номер.

— Алло, кто это? — послышался в трубке мелодичный Асин голос.

— Не хо*ти*тся ли про*йти*ться там, где мельница верт*и*тся? — спросил я, несколько перевирая стихи одного известного одесского поэта.

---

[1]. «Два Карла» — винный подвальчик в Одессе, расположенный на углу улиц, носивших до возвращения им старых названий, имена Карла Маркса и Карла Либкнехта.

— Ой, хоти́тся! — радостно откликнулась она, узнав мой голос.

Побродив по городу, мы оказались у гостиницы «Красная» и, миновав бывшую биржу — детище Александра Бернардацци, — спустились на улицу Польскую и поехали троллейбусом на морской вокзал. Там, у причалов, стояли теплоходы и среди них флагман черноморского пассажирского флота красавец «Иван Франко», с белой надстройкой и черными бортами. Судно готовилось к очередному круизу и по трапу на его борт поднимались гуськом счастливые пассажиры, предвкушая праздничный, почти европейский отдых. На дальнем от нас причале из трюмов сухогруза выгружали грейфером золотящийся в лучах заходящего солнца кубинский сахар-сырец. Понаблюдав за жизнью порта, мы поднялись на третий этаж стеклянного здания морского вокзала. Там располагался уютный бар, в котором мы компанией друзей отмечали дни рождений или большие праздники. Нам повезло, посетителей в этот час в баре было мало. И нам достался столик, сидя за которым можно было любоваться перспективой Одесского залива.

Проголодавшись, мы заказали бутерброды с московской сырокопченой колбасой и красной икрой, а на десерт фрукты и «Советское шампанское» одесского разлива. Получив по аккредитиву солидную сумму, равную пятидесяти обычным студенческим стипендиям, мне было приятно угостить чем-то вкусным любимую девушку.

— Я тосковал без тебя, — сказал я, когда официант удалился выполнять наш заказ.

— Мне тебя тоже не хватало, — ответила Ася, прикрыв глаза слегка подрагивающими веками.

Медленно потягивая искристый напиток, мы говорили о предстоящей работе над дипломными проектами. Вернее, говорила Ася, а я только слушал и поддакивал.

— Я хочу использовать в своем проекте конструктивные элементы из железобетона, металла, стекла и композитных материалов, — говорила она. — Это позволит добиться легкости и выразительности каждого элемента при достаточной устойчивости и прочности всего сооружения. По ее словам, это будет комплекс полукруглых зданий, напоминающих парусник. Главным украшением многоярусного фасада станут большие окна и лоджии.

— Проектировать и строить я хотела бы так, чтобы не было стыдно, когда табличку с моими фамилией и инициалами помесят на фасаде здания, — сказала Ася и заливисто рассмеялась. И ее глаза переливались оттенками синего и зеленого, подобно морской волне.

Увлекшись, она интенсивно жестикулировала, создавая в пространстве очертания будущего сооружения. При этом ее тонкие красивые руки касались моих рук. Наши колени то и дело сталкивались под столом. «Как эта девушка много значит для меня, — думал я, наблюдая за Асей. — А что значу для нее я?»

В город мы возвращались, поднимаясь по Ришельевской лестнице. Преодолеть её сто девяносто две ступени обычно не составляло для нас большого труда. Но после изрядно выпитого шампанского лестница показалась нам «Эверестом». И мы останавливались на каждой площадке, садились на парапет и, отдыхая, наблюдали, как скатываются с неба звёзды, оставляя после себя в атмосфере инверсионный след. Наконец мы взобрались на «вершину» лестницы, где стоял памятник Дюку де Ришелье, французскому контрреволюционеру, который сражался на стороне австрийской армии против войск революционной Франции[2]. После поражения Австрии, он бежал в Россию, был принят на государственную службу, получив от императора Александра I имение и денежное содержание.

В в 1803 году был назначен одесским градоначальником и Новороссийским губернатором...

Взглянув на монумент «отцу города», я подумал: «Вот загадка, памятник Екатерине Второй большевики снесли, а этого француза почему-то пощадили...»

— Ты посмотри, он даже не взглянул в мою сторону! — сказала возмущенно Ася, став в позу обиженной школьницы.

— Так он же бронзовый, — сказал я, защищая равнодушного к женской красоте Ришелье.

— Но он мужчина, наконец, князь! — возмущалась она.

— Хочешь, я вызову его на дуэль, — сказал я.

— Хочу! — сказала Ася, возбудившись при слове дуэль. — Однако ты не принадлежишь к дворянскому сословию и не можешь драться на дуэлях.

— Тогда я поколочу его так, по-простому, как бывший портовый грузчик! — сказал я спьяну. И, сняв с ноги туфель, ударил им по постаменту памятника Ришелье. Получив таким образом сатисфакцию за ненанесенное оскорбление «даме моего сердца», мы ретировались, покинув место импровизированной дуэли, так как на другом конце бульвара послышались трели милицейских свистков...

— Уже поздно, оставайся у меня. Родители сегодня на даче, никто нам не будет мешать. Сядем на балконе в лонгшезы, и будем созерцать звездное небо, — сказала Ася, когда мы остановились у парадного ее дома.

...Утром я проснулся от прохладного воздуха, проникавшего из распахнутой двери балкона. От смятой рядом подушки исходил дурманящий аромат лаванды. Я посмотрел сквозь тюлевые гардины на балкон. Там на перилах ворковали и целовались ненасытные в любви сизари. Наблюдая за ними, я вспомнил книгу австрийского этолога профессора Конрада Лоренца «Кольцо царя Соломона». В одной из глав он рассказывал, как голуб — эта птичка, ставшая с легкой руки Пикассо, общепризнанным символом мира, — может запросто заклевать до смерти своего сородича, если они окажутся запертыми в одной клетке, чего никогда не происходит на воле. Спроецировав действие этого эффекта на человеческие особи, я подумал, что если люди окажутся в подобной ситуации, они могут уподобиться пернатым.

Когда я пришел к этому печальному выводу, в комнату в коротком голубом халатике впорхнула Ася. Одарив меня влажным поцелуем, она сказала:

— Вставай, соня, у нас не принято подавать завтрак в постель...

Позавтракав, мы отправились на железнодорожный вокзал. В полупустом вагоне электрички «Одесса — Белгород-Днестровский», мы продолжили нашу вчерашнюю беседу. Ася, как и большинство наших сокурсников, неравнодушно относилась к Антонио Гауди[3]. И в поезде она, не переставая, восхищалась работами кудесника от архитектуры из Барселоны. Слушать ее было одно удовольствие, о чем бы она ни говорила.

— Да, у каждого Гауди должен быть свой Гуэль[4], — только и сказал я вполголоса. Но Ася, к счастью, не обратила на мое замечание никакого внимания.

Мы сошли на станции Каролино-Бугаз и, минуя дачи и курени железнодорожников, обходя мелководные озерца, в которых плавали маленькие черноморские черепахи, вышли к безлюдному пляжу. День был по-летнему теплым, а воздух таким прозрачным, каким он бывает на юге в конце августа — начале сентября. На море стоял штиль, небольшой прибой лениво накатывал на

---

[3]. Антонио Гильем Гауди–и–Корнет — известный испанский архитектор.

[4]. Эусеби Гуэль–и–Басигалупи — каталонский промышленник, политик и меценат, поддерживавший все начинания Антонио Гауди.

кромку берега, словно приглашая окунуться в прозрачную прохладу вод.

Когда Ася входила в море, казалось, оно расступается перед нею, впуская в свое лоно; когда она выходила, вода шла следом, не желая отпускать девушку от себя. Солено- горьковатая влага стекала с ее загорелой фигуры, сверкая в лучах солнца. Подняв плавными движениями руки, чтобы поправить мокрые цвета ржаной соломы волосы, Ася предстала предо мной во всей своей незащищенной и прекрасной наготе. Я смотрел на нее и не мог налюбоваться, вспомнив чье—то высказывание о том, что в красивом теле отражается красота души...

Накупавшись, мы установили на берегу небольшую туристическую палатку. Расшнуровав рюкзак, я достал из него съестные припасы, длинную бутылку болгарского рислинга, заготовленные Асей с вечера, и мы, усевшись на покрывало, начали трапезу.

— За нас, молодых и неопытных! — произнесла свой тост Ася, подняв на уровне изумрудных глаз эмалированную солдатскую кружку.

— За тебя, такую красивую, умную и непосредственную, — сказал я и поцеловал ее в слегка посиневшие и соленые от недавнего купания губы.

Нам было хорошо вдвоем на этой песчаной косе, отделяющей Черное море от Днестровского лимана. Мы радовались высокому чистому небу, солнцу, легкой волне, накатывающей на плоский берег. А больше всего — общению друг с другом, ничего не загадывая на будущее и ничего не зная о нем.

Будущее настигло нас, спустя девять месяцев, когда состоялась защита дипломов. Но еще задолго до этого события разворачивались не в мою пользу. К пятому курсу все наши сокурсницы, за исключением Аси Кегельбан и Светы Корсаковой, вышли замуж. И данное обстоятельство не могло не тревожить девушек. Ася ненавязчиво напоминала мне о необходимости логически завершить наши отношения, но я трусливо уходил от прямого ответа вплоть до выпускного вечера.

Он состоялся в ресторане «Жемчужина», на берегу Черного моря. Декан факультета, расчувствовавшись, произнес длинную речь, сделав упор на патриотизме и нашей ответственности перед государством, давшем нам образование. После него что-то банальное говорили преподаватели и захмелевшие сокурсники. После нескольких рюмок и меня потянуло на подиум.

— Спасибо всем, кто меня, как скаковую лошадь на ипподроме, довели до финиша, — сказал я. — В противном случае, не сидеть бы мне с вами за этим праздничным столом...

Многие, не вникнув в суть моих слов, иронично улыбнулись. Но я надеялся, что их поняли те, к кому они были обращены. В возникшей суматохе Ася отвела меня в сторону. Я притянул ее к себе, но она увернулась от моего поцелуя.

— Я выхожу замуж, — сказала она, не глядя мне в глаза, — И я хочу, чтобы ты был у меня на свадьбе. — И, не услышав от меня ни «да», ни «нет», ушла на другой конец зала, где за одним столиком с деканом сидели ее папа и мама.

Кризис, назревавший давно в наших отношениях, наконец, завершился вполне предсказуемой развязкой. Оставшиеся до свадьбы Аси дни я не знал, куда себя деть, тосковал. Иногда мне казалось, что все еще можно исправить, но я не решился на такой поступок, сознавая всю его тщетность.

На свадьбе из нашего курса были приглашены только два человека: я и давняя подруга Аси Света Корсакова.

— Ты только посмотри, какое шикарное платье у невесты! — говорила восторженно Света

— И фата парит над ее красивой головой как воздушное облачко, — сказал я.

— Не Ася Кегельбан, а непорочная дева, — сыронизировала Света.

Я смотрел на жениха — высокого брюнета в черном костюме. Он напоминал мне героя из голливудских фильмов, которые так любила Ася. Глядя на него, я думал, что именно таким и должен быть муж «моей» девушки...

Я старался держаться прилично, иногда пропускал очередной тост, чего раньше за мной не замечалось. Наблюдая издали за Асей, я тосковал и разрыдался бы здесь, прямо на свадьбе, если бы не Света. Она подошла ко мне и потащила на улицу, перекурить.

— Ася поступила с тобой непорядочно, — выдохнула она вместе с дымом сигареты, глядя на потемневшее море. И подумав, добавила:

— Нет. Она тебя просто предала!

У Светы, знавшей о наших отношениях с Асей, был резон так говорить. Но она была неправа. Потому что не Ася меня, а я предал ее. Это я должен был сидеть рядом с ней за свадебным столом. Целовать ее под крики «горько». Но я спасовал. Я просто испугался ответственности. Не мог же я привести красивую молодую жену в комнату коммунальной квартиры, где мы ютились вдвоем с моей престарелой бабушкой. Это жалкое жилище могло стать для нас с Асей той голубиной клеткой, о которой писал профессор Лоренц. Поэтому, когда нужно было принять решение, я предоставил право выбора девушке. И она его сделала...

Встретить восход солнца

Фред Грак — мужчина с едва заметной изморозью седины на висках, пронзительно голубыми глазами и глубокими саркастическими складками в уголках рта, — сидел, ссутулившись, за компьютером и пальцы его рук задумчиво пробегали по клавиатуре. Он заканчивал очередную статью о проблемах рыболовства в лиманах и озерах Юго-Западного Причерноморья. Осталось дописать последний абзац, и он подыскивал слова, чтоб концовка статьи получилась, как всегда, выразительной и запоминающейся.

Не успел он завершить фразу и поставить точку, как в редакционный кабинет, сверкая наголо бритой головой, ввалился его старый приятель Макс.

— Ну, что, трудоголик, пашешь? — спросил он, в ироничной улыбке скривив рот, выказывая тем самым презрение к подённому труду Грака.

Как всегда, в руке Макса была вместительная дорожная сумка, без которой его трудно было себе представить. В ней, как правило, он носит редкие книги, набор старинных открыток, газеты, да мало что ещё. Поставив сумку на пол, он сел на соседний стул и сказал серьёзно, словно отчитываясь перед Фредом:

— Вчера мне улыбнулась удача. Когда утром я шёл к трамвайной остановке, увидел в траве, у самого тротуара, какую-то бумаженцию — она так и притягивала меня к себе. Я подошёл ближе, присмотрелся — и точно!

Это оказалась банкнота в сто баксов! Так что заканчивай свою глупую работу, пойдем, я угощу тебя выпивкой и закуской.

В этих словах Макса не было позы. Удача, действительно, сопутствует ему, материализуясь то в виде золотых украшений, то мобильных телефонов, то денежных знаков различного достоинства.

Как-то на паруснике «Эней», построенном местными энтузиастами, Макс ходил в Грецию. По прибытию в порт Пирей у команды судна закончилась валюта. Настроение у всех было ниже ватерлинии. Только Макс, единственный член команды судна, не потерял способности соображать и действовать.

— Взял я свою сумку и пошёл бродить по причалам порта и его окрестностям, — воспоминал он, — Там найду драхму, там — две. К вечеру я насобирал пригоршню монет. Этого оказалось достаточно, чтобы съездить в Афины и посмотреть Акрополь с его знаменитым Парфеноном, и многое другое. Одним словом, вещи любят Макса. Все мало-мальски значимое само идёт ему руки, вероятно, чувствуя обаяние его личности.

Как-то он спас от гибели несколько картин известного одесского живописца. Произошло это самым банальным образом. Любимая жена и муза художника после его кончины выбросила надоевшие ей пейзажи и натюрморты на дворовую помойку, чтобы они больше не мозолили глаза. Их бы так и свезли на городскую мусорную свалку, если бы по счастливой случайности в этом месте и в это время не оказался Макс. Он-то и подобрал живописные полотна, которые, естественно, пополнили его коллекцию.

Такое свойство характера Макса привело к тому, что он стал коллекционером. За несколько десятилетий, благодаря случайным и неслучайным находкам и целенаправленным поискам он оказался обладателем обширного собрания украинистики. То есть литературы и предметов искусства, относящихся к истории и культуре Украины...

Как только друзья, покинули здание редакции и ступили на тротуар, Макс наклонился и поднял с асфальта «никельку» — монету достоинством в одну копейку.

— Вот монета, за неё ничего не купишь, но и она имеет свою ценность для коллекционера. Я собираю их и храню в бутылках из-под шампанского. — сказал он, пряча монету в карман.

— Мы что, так и будем ходить по городу и собирать монеты? — спросил Фред, раздражаясь.

— Не шуми, я веду тебя туда, куда надо, — сказал вызывающе Макс.

Они прошли несколько кварталов по улице Канатной и оказались у винного погребка с символичным названием «Марина».

— Следуй за мной, — сказал, не оглядываясь, Макс. И они по крутой лестнице спустились в погребок, напоминавший корабельный трюм.

Сделав заказ, друзья сели за стол, подальше от посторонних глаз. Выпив по первой, с аппетитом стали закусывать конченой мойвой с «черным» ржаным хлебом. Захмелев, Фред в пол ока наблюдал за Максом, как тот брал в руки рыбину, снимал с неё серебристую шкурку и отделял мякоть от хребта. Затем, открыв рот пошире, чтобы жир, стекая по его пальцам, не попадал ему на рыжие усы и бороду, клал в него кусок мяса и, жуя, смачно чмокал беззубым ртом.

После третьего стакана на столе появилось сало, которое Макс достал из своей бездонной дорожной сумки.

— Не стесняйся, закусывай, сало я сам солил, — приговаривал он, подчерчивая тем самым, какой он справный мужик и хозяин...

Макс Тарасюк, появился в Одессе вначале 60-х годов прошлого века, поступив в один из вузов. Здесь он встретил и полюбил девушку Джему, которая стала его женой. Вспоминая этот факт своей биографии, он, улыбаясь, смущённо констатирует: «Думал, что женюсь на эстонке, а женился на еврейке...»

— Так вот почему о тебе говорят: «Жидовствующий Тарасюк», — сказал Фред, закусывая выпивку салом.

— Да, некоторые патриоты упрекают меня, мол, «ты сам украинец, а родил детей евреев». А между тем у евреев и у нас, украинцев, очень схожие судьбы.

— Тем, что мы, как и они разбрелись по всему свету? — спросил Фред.

— И тем, что они, как и мы, долго шли к своей государственности, — уточнил Макс.

Так, за выпивкой и разговорами, они коротали время. Вспоминали друзей, говорили о персональной выставке живописи Николая Прокопенко, о неутихающих скандалах в местном отделении национального союза писателей.

В погребок пребывали посетители. В нем стало шумно и душно, от сигаретного дыма першило в горле. Но больше всего донимали любители «караоке». Они громко исполняли песни, безбожно перевирая мелодии.

— Все, я не могу больше слушать это завывание, — сказал, занервничав Макс, вытирая руки салфеткой. — Поехали, проведём этот вечер у меня на даче.

— Поедем, если на рассвете пойдём встречать восход солнца, — сказал Фред. Он с юности полюбил таинство зарождения нового дня, а с ним и новых надежд.

Оказавшись на даче, друзья расположились за столом в центре фруктового сада. Над ним свисала змеёй, покачиваясь, экзотическая лиана, привезённая Максом из Крыма. У ограды напротив рос куст кизила и привлекал внимание насыщенным зеленым цветом листьев и пунцовыми, как капельки венозной крови, плодами. Лучи закатного солнца, проникая сквозь листву дерев, падали яркими пятнами на кровлю соседней дачи. Фред, прикрыв глаза, наслаждался пением птиц и в пол уха слушая жалобы Макса.

— Я уже трижды обращался в городской совет с просьбой о выделении помещения под мою коллекцию, но ни разу не встречал у чиновников понимания. — говорил он, — А между тем эта коллекция могла стать основой городского музея украинистики...

— Ты, Макс, не туда и не к тем обращаешься за помощью. Ищи поддержку у тех, кто ценит своё культурное наследие, и не чурается чужого, — сказал, отвечая на сетования друга, Фред.

— Ты кого имеешь в виду? — спросил Макс, скосив на Фреда свои хитрые татарские глаза.

— А хотя бы евреев! — сказал невозмутимо тот. — Благодаря их усилиям в Одессе действуют центр еврейской культуры, музей современного искусства, театр, не ровен час они и тебе помогут.

— Ну, ты дашь! — воскликнул Макс.

— Ты же сам говорил, что у евреев и украинцев схожие судьбы. А по мне, так эти два народа доказали миру свою избранность.

— Чем же? — спросил Макс.

— Как чем? Своими страданиями, — сказал Грак.

— За это следует выпить! — только и смог ответить, Макс. И друзья чокнулись чайными чашками с чёрным как загустевшая кровь вином.

Не успели они выпить по второй, как скрипнула калитка и на садовой дорожке показалась молодая женщина, рядом с которой шёл чернявый мальчик.

— Пришла моя дочь, Юля, — сказал Макс. И пошёл встречать прибывших.

Прошло минут двадцать, прежде чем он вернулся вместе с мальчиком лет семи.

— Знакомьтесь, — сказал Макс, — это мой внук Владимир. А это — дядя Фред.

Володя оказался не по летам пытливым и вдумчивым ребенком. Он обстоятельно расспросил Фреда, где он работает, чем занимается, какая у него семья. И, вероятно, решив, что имеет дело с человеком, который может пригодиться в жизни, «забил» в свой мобильник телефонный номер Фреда.

— Володя, мы с твоим дедом собираемся на рассвете пойти встречать восход солнца. Ты с нами? — спросил Фред.

— Непременно, — ответил, не задумываясь, тот. Но на всякий случай посмотрел вопросительно на деда.

— Пойдет, обязательно пойдет, — сказал Макс. — А сейчас — спать!

Макс и Володя ушли в дом. А Фред Грак остался в саду один. Забравшись в гамак, он наслаждался тишиной летней ночи, пьянящим бризом, дующим с моря. И, замечтавшись о завтрашней встрече восхода солнца, уснул.

Проснулся он чьего-то прикосновения. Это был Макс, протирающий сонные глаза.

— Если хотим поспеть к началу восхода, надо спешить, — сказал он.

Фред как на пружинах выскочил из гамака. И к своему немалому удивлению увидел стоявшего рядом Володю. Глаза мальчика горели решимостью. Он с нетерпением ждал, когда же, наконец, взрослые соберутся в путь.

Не позавтракав, они втроем вышли за калитку, в узкий сонный переулок, ведущий к морю. Впереди по влажному от утренней росы асфальту шагал чернявый мальчик с ослепительно белой кипой на макушке. На груди у него болтался театральный бинокль.

Неожиданно в предрассветной тишине послышалось тихое пение. С каждым шагам оно становилось все громче и внятнее. Это, не обращая внимания на взрослых, пел маленький Володя:

Сонце сходить і заходить, як в раю,
Я цілую не чужую, а свою —
Житню, калинову, стиглу веселкову
Землю українську золоту,
Землю українську золоту...

С президентом на брудершафт

Юний Червень прибыл в Киев утренним поездом. Быстро отыскал гостиницу «Президент–Отель» — ее адрес был указан на бланке официального приглашения. После предъявления документов, его поселили в двухместном номере на девятом этаже. Там молодой человек, по виду еще юноша, уже раскладывал свои вещи.

— Эмиль, Эмиль Черныш из Винницы, — представился он, улыбаясь, и протягивая правую руку Червню.

— Юний, — сказал Червень, пожимая руку, и думая, что парня с таким открытым лицом и бесхитростной улыбкой можно не опасаться.

— Это шутка? — спросил винничанин.

— В смысле? — удивился в свою очередь Юний.

— В смысле имени.

— Мои родители историки, зациклились на античности. А я теперь отдуваюсь за их любовь к Древнему Риму, — пояснил Юний.

— А мои, видать, почитали Пугачева.

— Что, тоже историки?!

— Нет! Они просто назвали меня его именем — Емельян. А Эмиль — это я уже сам придумал.

Приведя себя в порядок после дороги, они спустились в гостиничный холл. Там десятка три журналистов, представлявших украинскую региональную прессу, обступили невысокую брюнетку, вероятно, одну и распорядителей данного мероприятия, получая из ее рук персональные «бейджики».

Девушка была в сером деловом костюме, белой блузке с черным кокетливым бантиком на шее вместо галстука, и в туфлях на высоком каблуке. «Еще одна жертва моды!» — подумал Червень, обратив внимание на то, как девушка балансирует на «шпильках», словно человек только что ставший на коньки.

— Вот таким только и доверяют, что сопровождать журналистов и раздавать им персональные «бейджики», — сказал он.

— Зато она «в свите» президента! — поддержал его Эмиль.

К одиннадцати часом вся «журналистская рать» на автобусе прибыла на Европейскую площадь. Высадившись у Крещатого парка, по подземному переходу перешли на другую сторону площади и бетонными ступенями поднялись к стеклянным дверям «Украинского Дома», где должна была состояться встреча с президентом.

После обычной в таких случаях процедуры: регистрации, проверки паспортных данных, досмотра диктофонов, фотоаппаратов, видеоаппаратуры, выворачивания наизнанку карманов перед бдительной охраной, прохождения сквозь рамку металлоискателя, — все, наконец, оказались в фойе здания.

Президент задерживался. Охрана нервничала. Проголодавшиеся «акулы пера» выстроились в очередь у буфетной стойки, намереваясь наскоро перекусить бутербродами, выпить чашку кофе или чаю.

Воспользовавшись возникшей паузой, Червень спустился на нулевой этаж покурить. А когда вернулся, обстановка в фойе уже была другой, наэлектризованной что ли. Не хватало только искр, проскакивающих между головами собравшихся людей.

— Как перед вторым пришествием! — сыронизировал он. И в ответ ему эхом отозвалось: «Едет! Едет!..»

Журналистов попросили пройти в зрительный зал, занять места, приготовится. Несколько минут спустя, из-за голубых кулис на сцену вышли трое: женщина и двое мужчин. Один из них, коренастый, выше среднего роста, в сером, как легированная сталь, костюме, в сорочке цвета морской волны и неброском галстуке в тон костюму, шел впереди остальных. В наступившей тишине что-то щелкнуло, и усиленный репродуктором мужской голос объявил: «Президент Украины Дрон Нилыч Могила!» И все, находившиеся в зале, встали, приветствия его.

Червень с Эмилем сидели во втором ряду под небольшим углом к центральной оси сцены. С этого места хорошо было видно гаранта. У него была крупная голова, посаженная на короткую шею и широкие плечи атлета. Редкие рыжеватые волосы на голове виртуозно причесаны, так, чтобы скрыть лысину. Лицо его было загорелым, морщинистым, словно пожеванным. Под тяжелыми верхними веками — небольшие глаза цвета медного купороса. Такого встретишь на Бессарабке и постараешься пройти мимо, не оборачиваясь. Однако первые впечатления — обманчивы, простота — кажущаяся.

Включив диктофон на запись, Червень стал вспоминать, когда и при каких обстоятельства он встретился с президентом, вернее, тогда еще претендентом на этот высший государственный пост, впервые.

Это было осенью девяносто третьего. Экономический коллапс поставил на грань существования независимость страны и выстраданную веками украинскую государственность. Первыми тогда начали бузить шахтеры Донбасса, объявив бессрочную забастовку и требуя немедленной выдачи им заработной платы. Беспомощная Верховная Рада, не дожидаясь худшего, удовлетворила их требования и в спешном порядке приняла закон о проведении досрочных парламентских и президентских выборов.

Тогда-то и вышел из тени на большую политическую арену Дрон Могила, к тому времени он уже успевший побывать премьер-министром и народным депутатом. Его кандидатуру поддержал национальный клуб промышленников и предпринимателей, в крупных индустриальных центрах страны были организованы «деловые встречи» претендента в президенты с директорским корпусом. В Одессе такая встреча состоялась на НПО «Холодмаш», практически при закрытых дверях, кулуарно. И понятно, почему: область и город были в руках креатуры действующего главы государства.

Дрон Могила не обладал ораторским талантом. Выражался он скупо, но доходчиво.

— Я точно знаю: страну мы просрали, — с ходу, не раскачиваясь, заявил он, приятно удивив присутствующих своей простой, понятной речью. И продолжил: — Но я верю, что мы с вами сможем ее возродить, если восстановим управляемость, производственный потенциал, товарно-денежные отношения и откажемся от захлестнувшего нас бартера...

Предвыборная программа кандидата была близка и понятна представителям местного директорского корпуса. Особенно грела их души та ее часть, в которой говорилось об увеличении объемов государственного финансирования научно-технической сферы, высокотехнологичных отраслей и стратегических предприятий, номинальными хозяевами которых они уже себя чувствовали.

В претенденте их подкупало и то, что он, как и они, прошел испытание суровой советской партийноадминистративной системой, и ассоциировался в их сознании с образом крепкого хозяйственника былых времен. И каждый из них уже просчитывал свои выгоды от того, что у руля государства станет не какой-нибудь политикан, а человек их круга.

Взобравшись на вершину властной пирамиды, Могила неожиданно для многих обнаружил скрываемые до поры до времени качества. Первое и главное, что ему удалось, так это переигрывать в «судьбоносных» вопросах законодательное собрание. Используя межпартийные и внутрипартийные разногласия, он нередко добивался своего. Достаточно сказать, что именно с согласия депутатов он менял премьер-министров «как изношенные перчатки». При этом все просчеты и провалы в экономике и в социальной сфере вменялись в вину им, принесенным в жертву.

Однако, чтобы не говорили, с приходом Могилы к власти в стране наметилась определенная стабильность. В то же время, как полагал Червень, в государственном строительстве президент и его команда, долго не «мудрствуя лукаво», пошли в кильватере северного соседа. Проводимые реформы оказались половинчатыми и не принесли ожидаемых результатов. Внутренний спрос на товары широкого потребления удовлетворялся в основном за счет импорта. Малый и средний бизнес, оказавшись зажатым в тисках государственного и бандитского «рэкета», переломить ситуацию был не в состоянии. А зарождавшийся крупный отечественный капитал на глазах и не без поддержки власти приобретал монопольно-олигархические черты. Все это вместе взятое, плюс повсеместные коррупция и мздоимство, определило лицо и судьбу молодого государства на многие годы вперед...

Червень, отогнав от себя воспоминания, прислушался, о чем говорит со сцены «Украинского дома» президент. А тот вещал о свободном рынке, предстоящей административной и политической реформах, перспективах европейской интеграции. Говоря невнятно, с запинками, Могила разводил широко руками, создавая воздушные пузыри, и широкими жестами отправлял их в зал, внимавшим ему журналистам. На самых важных моментах он акцентировал их внимание поднятым вверх указательным пальцем правой руки.

«Интересно, верит ли он сам в то, о чем говорит? — думал Червень, по журналистской привычке сомневаясь во всем, кто бы и о чем ему не говорил. — Скорее всего, не верит, но хочет, чтобы поверили ему мы и те, кто будет читать наши отчеты, опубликованные в газетах и на телевидении.

«Ну и молодчина Дрон Нилыч! — пробормотал про себя Юний. — Таким простым, но действенным, способом он пытается внедрить в сознание широких масс украинцев мысль, что второй срок его президентства неизбежен, потому что это якобы отвечает ожиданиям большинства!»

— Смотри, смотри, коллеги пошли «в атаку», — сказал ему на ухо, сдерживая смех, Эмиль.

Червень оглянулся: журналисты выстроились в очередь к микрофонам, установленным в зале, и бойко задавали вопросы — они были распечатаны на узких полосках бумаги и розданы им накануне пресс-конференции сопровождавшей брюнеткой. Президент уверенно отвечал, многозначительно улыбаясь, словно говоря, «спрашивайте, я все равно не удовлетворю вашего любопытства...»

— Ты заметил, как Могила поменял риторику, — сказал Эмиль, когда после пресс-конференции они пришли в свой гостиничный номер.

— Ты имеешь в виду его заявления о свободном рынке и предстоящей административной и политической реформах? — спросил Червень.

— А также о перспективах европейской интеграции, — уточнил коллега.

— Думаю, это его запоздалая реакция на усилившиеся имперские тенденции северного соседа. В Москве до сих пор не могут смириться с тем, что Украина ушла в свободное плавание, минуя Красную площадь. По всей видимости, президент осознал, наконец, какая опасность исходит оттуда и начал заигрывать с западом.

— Ты не понимаешь, — сказал Эмиль. — Он намерен баллотироваться на второй срок.

— Ну и что? Он имеет на это полное право.

— Это рискованная, опасная затея.

— Для кого?

— Для него и для всех нас.

— Почему?

— Да потому, что у нас «вождей» терпят только один срок, а на втором — предают.

— Ты что-то мутишь, Миля! Кто его собирается предавать?

— Да те же олигархи и предадут, и продадут! Причем, с потрохами.

— А я думаю, что сегодня у него позиции сильнее, чем в первый раз. Он удачно выстроил властную вертикаль, укрепив ее выходцами из комсомола. А тот же «олигархат», как ты выразился, будет его поддерживать всеми имеющимися у него средствами.

— Почему? Чем ты это можешь доказать?

— Да потому что он их «отец» и сегодня они нужны друг другу как никогда! — сказал Червень.

Эмиль задумался.

— Ты не хочешь прошвырнуться по городу? — спросил его Юний.

— Чего я там не видел? Лучше поваляюсь в кровати, почитаю газеты, — ответил коллега.

— А я схожу, разомнусь, — сказал Червень.

Он проехал пару остановок троллейбусом до Бессарабского рынка и вышел на центральную улицу столицы Крещатик. Киев, несмотря на его столичный статус, не вызывал у Юния особых чувств. В этом не было ничьей вины — ни его, ни города. Просто их ничего не связывало личного. Родись он в Киеве, побегай школьником с ранцем за плечами по его крутым холмистым улицам, испытай томления первой влюбленности в тенистых парках на склонах Днепра, он, наверное, стал бы таким же патриотом и обожателем этого города, как и аборигены.

Но у него были другая биография, другой образ жизни и мыслей. Неисправимый провинциал, он не мог себе представить свою жизнь без моря, песчаных пляжей, припортовых кварталов, помнивших оборотистых негоциантов, лихих контрабандистов и быстрых на острое словцо биндюжников. Там, среди пестрой и легкой архитектуры Одессы, отражавшей неприхотливые, а порой и утонченные вкусы южан века девятнадцатого, прошли его романтическая юность и несытая молодость.

Он шел по Крещатику. Вокруг высились здания, построенные в конце сороковых — начале пятидесятых годов двадцатого столетия в духе советского, или, как его еще называют, «сталинского ампира». Их отличало вертикальное членение фасадов, облицованных гранитом и керамической плиткой, с огромными, доходящими до пятого этажа, арками. Все это вместе взятое давило на него своей массой и строгой монументальностью.

Он дошел до улицы Прорезной, поднялся на один или на два квартала выше и зашел в первое попавшееся кафе. К нему сразу же подошла официантка. И Юний заказал традиционные коньяк и черный кофе.

Захмелев, Червень поочередно представлял себе то скотный двор фермерского хозяйства над Тилигульским лиманом, то «Украинский дом» на высоком берегу Днепра, где состоялась встреча с президентом. «Неисповедимы пути журналиста! Только позавчера ты беседовал с фермером Ткаченко о перспективах животноводства, пробовал на упругость вымя его телок красно-степной породы. А сегодня вот сидишь в столичном кафе, кайфуешь, пялишься на пробегающих мимо молодых киевлянок...» — размышлял он.

— Вставай, Червень, вставай! — тормошил его утром следующего дня Эмиль, иронично приговаривая: — Вставай, нас ждут великие дела!

— Иди ты к черту, — отбрыкивался от него Юний. — И вообще, ничего такого не было и не могло быть.

— Чего не было? — спросил коллега.

— Да вот приснилось, что я пью с президентом на брудершафт, — сказал Юний, смущенно улыбаясь.

— Пить вчера надо было меньше, — сказал Эмиль. — А вставать действительно пора. На сегодня для нас запланировано несколько интересных встреч, в том числе с представителями Комитета рыбного хозяйства Украины.

— О, это дело! — встрепенулся Червень. — Ибо рыба, как и шлюхи, отплыла к турецким берегам.

К обеду официальная программа пребывания представителей региональных СМИ в столице была исчерпана. Остаток дня можно было провести в свое удовольствие. Но тут появилась брюнетка, сопровождавшая их к «Украинскому дому». Попросив внимания, она объявила:

— Коллеги, внимание! Через час в ресторане гостиницы состоится прощальный банкет. На нем, возможно, будет сам президент. Просьба не опаздывать!

Когда Юний с Эмилем пришли в ресторан, пир уже «шел горой» — к журналистам из провинций присоединились столичные коллеги. Причем их было раза в два больше, чем первых.

— Носом чуют, где можно выпить и закусить «на халяву»! — сказал Эмиль.

— У них всюду сеть свои информаторы, в том числе в Администрации президента, — пошутил Червень.

Не найдя лучшего места, они сели за стол у самого выхода, за которым уже выпивали и закусывали коллеги из Донецка. На эстраде играл оркестр. Певица исполняла песню о киевских каштанах. В былые годы этот украинский шлягер часто звучал в исполнении Юлии Пашковской по центральному радио. И сейчас Червень слушал его со щемящим чувством ностальгии:

«Каштаны падають на брук:
Тук–тук, тук–тук, тук–тук, тук–тук...»

Внезапно музыка оборвалась — приехал президент! Киевские журналисты по праву хозяев пригласили его за один из своих столов. Гарант, подняв рюмку, произнес тост. О чем он говорил, с места, где сидели Юний и Эмиль, не было слышно. Да и это было неважно. Снова заиграл оркестр. И Дрон Могила неожиданно для присутствующих закружил в вальсе одну из журналисток. Потом он танцевал еще и еще, выбирая самих симпатичных девушек.

— Вот это по-нашему! — сказал Юний.

— За президента! — провозгласил тост один из донецких журналистов. И вчетвером они выпили «Старокиевской» водки за здоровье Могилы, закусив «ножками Буша».

— Ну, я пошел, — сказал захмелевший Червень, и встал из-за стола.

— Куда это ты собрался? — насторожился Эмиль.

— Пойду... выпью... с президентом... на брудершафт...

— Никуда ты не пойдешь! — попытался остановить его коллега.

— Не дрейф, Пугачев! — сказал с серьезным видом Юний. И с рюмкой в руке пошел не твердой походкой к эстраде. Там захмелевший Могила в окружении телохранителей и журналистов, аккомпанируя себе на гитаре, исполнял хорошо поставленным голосом битловский хит «Yesterday»:

«All my problems seemed so far away,
Now it looks as though they're here to stay...»

Самогон из дюшеса

Я сидел за столом в редакции многотиражной газеты, не зная, чем себя занять. Хотелось чего-то большого, красивого. Но в поле моего зрения, кроме заводских закопчённых цехов, портальных кранов, ржавых судов, стоявших у причалов в ожидании ремонта, ничего другого не было.

Я уже чуть было не озверел от безделья, усугублявшегося хроническим безденежьем. И тут, судорожно вздрогнув, разразился тяжёлым металлическим звоном массивный телефонный аппарат, оставшийся в нашей редакции, вероятно, ещё со сталинских времён.

— Алло, это редакция? — услышал я в трубке глухой мужской голос.

— Да, — ответил я, не ожидая ничего хорошего от этого звонка.

— Ленчик, это Рыбак, Иван Кузьмич, из доково-такелажного цеха, быстро иди к нам, ты нам срочно нужен.

— А что случилось? — спросил я, не желая переться на другой конец завода неизвестно зачем? Да и шабашить уже было пора.

— Говорю тебе — срочно! Придёшь, узнаешь сам! — настаивал Кузьмич.

Собравшись с силами, я поплёлся по вызову. Наконец я у серого приземистого здания доково-такелажного цеха. Поднялся на второй этаж, зашёл в комнату мастеров. А там уже собралась тёплая компания.

— Иван Кузьмич, что у вас тут стряслось?

— О, Ленчик, ты уже здесь! — сказал равнодушно, словно это не он полчаса назад требовал срочно явиться в цех.

— Так, что же все-таки у вас тут случилось?

— Да вот, понимаешь, взяли на Втором Заливном самогонки и решили тебя угостить. Ты такой ещё не пробовал.

— И это называется срочное дело!? — возмутился я.

— А скажи я по-другому, ты бы не пришёл, — ответил, довольно улыбаясь, старший мастер. — Так что, не стесняйся, проходи, сейчас начнём.

Наконец все собравшиеся сели за большой деревянный стол, обитый оцинкованной жестью. На нем закусь — полный «джентльменский» набор: сало, варёные яйца, домашние пирожки, солёные огурчики. А в самом центре стола — большая трехлитровая бутыль с прозрачной как слеза младенца жидкостью. Она так и светилась в лучах заходящего солнца, проникавших сквозь стекла давно немытых окон, привлекая к себе взоры собравшихся.

По традиции право раздачи предоставили старшему из участников этого действа — такелажнику Ивану Свидюку. Он принялся за дело со всей ответственностью. Аккуратно, чтобы, не дай бог, не пролить ни капли драгоценной жидкости, он разлил её в приготовленные ёмкости. Плеснул и мне в гранённый двухсот граммовый стакан. Я настоял, чтобы не больше половины.

— Ну, вздрогнули, — сказал бодро Иван Кузьмич, окинув присутствующих дерзким взглядом, и поднял свой стакан с ароматным самогоном.

— Будем живы — не помрём! — откликнулся неожиданно из дальнего угла обычно молчаливый Марк Шехтер, единственный еврей в нашей компании.

Вместе со всеми, и я поднёс стакан к губам, сразу же ощутив тяжёлый приторный запах самогона, напоминавший испарения какой-то эссенции. Но делать было нечего. И, едва не задохнувшись, я опрокинул ароматную жидкость в рот, сразу же почувствовав, как она, обжигая гортань, по пищеводу опускается все ниже и проваливается в желудок, не ожидавший от меня такого «подарка». Противнее я ещё ничего в жизни не пил!

— Ну и ядрёная, зараза! — сказал кто-то из такелажников.

— Ну как, пошла? — спросил меня Кузьмич.

— Пошла, — откашливаясь, ответил я. — А из чего самогон - то гнали, у него запах - одуреть!

— Ленчик! Не прикидывайся дурачком! — возмутился он. — Ты же знаешь, что сахар отпускают только по талонам и не больше килограмма в одни руки. Поэтому люди и гонят самогон, из чего придётся, даже из томатной пасты. Но этот — чистейшая карамель! Ты только принюхайся — улавливаешь аромат дюшеса[1]?

Закусили. И снова выпили. Глаза у всех заблестели, разговор стал раскованным, откровенным, как всегда в дружеской компании после выпитого. Говорили о перестройке, о борьбе с пьянством и алкоголизмом, затеянной Горбачевым с Лигачевым, о рыночной экономике и, конечно же, о дефиците продовольственных товаров. Они практически исчезли с

---

[1] Сорт груш, из которых делали джем.

прилавков, а те, что ещё осталось, отпускают в магазинах исключительно по талонам.

По талонам — горькая,
По талонам — сладкая.
Что же ты наделала,
Голова с заплаткою!

Пропел, как прокукарекал, Марик частушку, посвящённую Михаилу Горбачеву. Эта «заплатка», то есть родимое фиолетовые пятно на лобной части головы генсека, и стала причиной того, что к нему как приклеилась обидная, но, вероятно, справедливая поговорка: «Бог шельму метит!»

Молчавший до этого бригадир маляров Анатолий Тимченко многозначительно изрёк:

— А мне думается, что эти «кремлёвские мечтатели» ставят над нами очередной эксперимент. Очень у них все хитро и складно получается: сбережения в банке заморозили, зарплаты понизили, а цены пошли в рост.

— Да плевать мне на их экскременты! — выругался, Кузьмич. — Они с семнадцатого года их проводят и результат, как видите, налицо. Просто житья от них нет!

— Пусть бы они сначала поэкспериментировали на обезьянах, — продолжил его мысль электрик Василий Собчак. — А потом уже на людях.

— А что, обезьян вам не жалко? — не согласился с таким предложением изрядно захмелевший Шехтер.

— Да они нас давно за обезьян считают, — сказал раздражённо Тимченко. — В отделениях милиции камеру для задержанных так и называют — «обезьянник». А, не дай бог, унюхают запах алкоголя, без разговоров везут в медвытрезвитель. Это же полнейший беспредел!

— Вот-вот, — поддержал его Собчак. — По вечерам опасно в город выходить. По улицам снуют «луноходы», как в тридцатые «чёрные воронки», и подгребают, всех, кто под хмельком.

— Хорошо ещё, что не сразу расстреливают, — горько пошутил Кузьмич.

— А знаете, что написал по этому поводу Василий Федоров? — спросил я товарищей.

— Нет, не знаем! — ответили мои захмелевшие друзья. — А кто это такой, Василий Федорович?

— Да не Федорович, а Федоров, московский поэт, — поправил я товарищей, и прочитал полюбившиеся мне строки: «Скажу, невзирая на лица: / Маяковский лжёт! / Меня моя милиция / — Не бережёт!.. »

— Ну, и молодец, твой Федорович, — сказал, прослезившись, Тимченко. — Прямо за живое задело.

— Самое смешное, что написал он эти стихи задолго до перестройки, — заметил я.

— А все равно, тонко подмечено, — сказал он.

Так мы сидели в прокуренной комнате мастеров, шутили, спорили. И никто из нас и представить не мог, что пройдёт ещё несколько лет, и все мы будем жить в другом государстве, что разворуют завод, на котором мы работали, как, впрочем, и другие заводы, и фабрики. А Марик Шехтер, вероятно, предчувствуя, что эксперименты над нами будет продолжаться ещё не один год, смоется из «наших палестин», поменяв не только страну проживания, но и континент. И никогда уже нам не собраться в такой тёплой компании, не сидеть за одним столом, не дегустировать самогон из дюшеса...

Товарищеская солидарность

Василия Подкову, жизнерадостного, улыбающегося каждой шутке и меткому словцу мужчину, не узнать. Днем на работе он тупо молчит, избегая общения с коллегами, дома становится необыкновенно раздражительным. А по ночам он подолгу смотрит в потолок, не в силах сомкнуть глаз. Когда же ему все-таки это удается, он ворочается в кровати, бормочет что-то непонятно, громко вскрикивает, как в бреду, машет руками, сучит ногами, словно пытается от кого-то убежать.

Его любимая жена Нюся, не выдержав таких испытаний, покинула супружеское ложе и уже несколько месяцев спит одна, на кушетке. Но каждый раз, когда Василий начинает кричать во сне и корчиться в муках, она просыпается, подходит к кровати мужа и несколько минут, сопереживая, наблюдает за ним. «Снова он от кого-то убегает», — произносит она одними губами. Вернувшись к себе, на кушетку, она ложится, поворачивается лицом к стене и забывается тревожным сном.

Наутро Нюся в очередной раз предлагает мужу:
— Сходил бы ты, Вася, к врачу...

— Ну, что ты пристаешь ко мне со своими врачами! Устаю я на работе, вот и вся болезнь! — отвечает он. И, позавтракав, молча, уходит на работу.

Нюся, провожая его, уже в дверях квартиры осеняет мужа крестным знамением и в ее синих глазах проступают слезы сострадания и тревоги. Ее женской выдержке можно только позавидовать.

На завод, где работает Василий, надо добираться несколькими видами транспорта, пересаживаясь с автобуса на трамвай, с трамвая на троллейбус. И ему это даже нравится. В людской толчее он на время отвлекается от своих тяжелых и гнетущих мыслей.

Однако, попав на территорию родного завода, Подкова снова возвращается в мир своих кошмаров. Миновав центральную проходную предприятия, на котором он проработал после окончания профтехучилища уже лет десять, он каждый раз сталкивался нос к носу с уникальной скульптурной композицией.

Этот памятник представлял собой Земной шар, опутанный стальными цепями, и увенчанный бронзовым бюстом Владимира Ильича Ленина[1]. Он покоился на пяти опорах, а те, в свою очередь, упирались в пять лучей чугунной пятиконечной звезды, которая служила фундаментом для всей этой конструкции. Другой такой метафорический и аллегорический памятник Ленину не найти было на территории всего необъятного СССР!

Вот этот монумент, во всей своей суровой красоте, стал являться по ночам к Василию. Но не просто как символ бессмертия вождя мирового пролетариата к рядовому члену партии, что было бы понятно и объяснимо. Отнюдь! Каждый приход этого трансформера сопровождался различными безобразиями, что несвойственно изделиям из металла.

---

[1]. Большевик, один из организаторов Октябрьского, 1917 года, переворота в России, создатель СССР.

Как только Василий закрывал глаза, эта массивная конструкция с Лениным на макушке Земного шара вдруг возникала в проеме двери квартиры Василия и замирала на несколько минут. Затем она тяжелой поступью приближалась к кровати, на которой он спал, останавливалась у изголовья, и бронзовый Ленин с немым укором смотрел на спящего Подкову.

Постояв так некоторое время, махина наваливалась на Василия всей своей массой, пытаясь прижать его к стене. Тот в испуге вскакивал с кровати и пытался убежать. Однако памятник на пяти своих чугунных ногах-опорах следовал, не отставая, за ним по квартире, так что половицы под его весом прогибались и трещали, а стены ходили ходуном. И убегающему Василию летело вдогонку:

— Товарищ, Подкова, где ваш партийный билет?

Услышав этот картавый раскатистый, как гром небесный, глас, Василий вздрагивал всем телом, и, как был в семейных трусах и майке, выскакивал на лестничную площадку. Спустившись к входной двери, он выбегал из дома и стремглав несся городскими улицами, чувствуя за своей спиной тяжелую поступь металлическую монумента. Но, как Василий ни старался, не мог от него оторваться.

Наконец, этот чудовищный трансформер настигал Василия и начинал быстро-быстро перебирать своими чугунными ногами-опорами, намереваясь втоптать его в асфальт. Охваченный ужасом, Василий кричал не своим голосом и просыпался, обливаясь холодным липким, как машинное масло, потом...

А начались эти неприятности для Василием после того, как несколько месяцев назад, выпив с товарищами лишнего, он так надежно запрятал свой партийный билет, что до сих пор не может вспомнить, куда? И это притом, что каждый коммунист должен носить свой партийный билет в нагрудном кармане, с левой стороны груди — возле самого сердца и беречь его как зеницу ока.

Потому что эта красная книжечка с профилем Ленина на лицевой стороне обложки свидетельствует не только о принадлежности ее обладателя к авангарду советского общества — КПСС, но его владельцу право на определенные привилегии, в частности, на продвижение вверх по карьерной лестнице.

В то же время партийный билет является носителем страшной тайны. Если хотите, особого, кланового, секрета: на внутренних страницах этой священной книжицы фиксируется сумма денег, которую каждый коммунист ежемесячно взносит в партийную кассу.

И, попади случайно этот документ на глаза заинтересованному лицу, скажем, той же любимой жене Василия Нюсе, она, без особого труда, определит, какую заработную плату он получает в действительности. И случись, не дай Бог, такое, семейного скандала не избежать. Ибо разница между денежными суммами — той, которую муж приносить домой и той, которая обозначена в партийном билете иногда бывает разительной.

И хорошо еще, если после этого дело обойдется только семейным скандалом. Оскорбленная в лучших чувствах жена может обратиться с жалобой в партийную организацию, на учете которой состоит ее муж. После этого на него, как на нарушителя коммунистической морали, посыплются беды, несравнимые по тяжести с семейными разборками. Дело может дойти плоть до вынесения виновнику взыскания с занесением в учетную карточку члена КПСС.

Поэтому, естественно, многие коммунисты прятали свой партийный билет, куда подальше. Систематически не подпускал к нему свою суженную и судоремонтник Василий Подкова. Все было бы шито-крыто, если бы не этот досадный случай с потерей партбилета.

Время шло, а поиски партийного билета не давали результата. Василий, человек во всех отношениях обязательный и дисциплинированный, очень переживал. О чем свидетельствовали его ночные кошмары с погоней за ним этого жуткого трансформера. И неизвестно, чем бы все это закончилось, если бы не товарищеская солидарность.

Когда после очередного ночного кошмара Василий пришел на работу, его встретил секретарь цеховой партийной организации Виктор Ленский.

— Василий Сергеевич! Вот уже полгода, как вы нарушаете партийную дисциплину, — сказал он как можно строже. — Дайте мне ваш партийный билет, я должен проставить в нем суммы ваших взносов и «освятить» их своей печатью, как того требует устав. А не то, не дай бог, нагрянет комиссия с проверкой, и неприятностей не оберешься. А это нам ни к чему!

Василий понимал, что товарищ Ленский прав. Однако в очередной раз отмахнулся от его законного требования.

— Давай, Петрович, отложим это дело до лучших времен, — сказал он секретарю, и, собрав инструмент, ушел на ремонтируемое судно.

Ленскому — человеку доброму, но тоже во всех отношениях обязательному, — эти наглые и постоянные проволочки коллеги уже порядком надоели. Заподозрив неладное, он собрал бюро цеховой парторганизации, пригласив на него Василия Подкову. Тут все и вылезло наружу!

— И что, совсем память отшибло? — спросил он сочувственно Василия.

— Абсолютно, — признался тот. — Перерыл всю квартиру, перетрусил все книги в своей небогатой библиотеке, тщательнейшим образом исследовал учебник «Краткий курс истории КПСС», между страниц которого я обычно его прятал, — партбилета как не бывало!

— А ты не пробовал снова напиться до такой же степени? — спросил в свою очередь Василия верный ленинец Иван Сидорович. — Иногда это просветляет мозги.

— Пробовал, — честно признался Подкова. — Не помогло...

Члены цехового партбюро, старые друзья Василия, сильно опечалились и задумались. Жаль было терять такого надежного товарища, проверенного годами труда и выпивки. А за утерю партийного билета строгим выговором не обойдется, могут из партии исключить...

— А давайте его утопим, — сказал неожиданно Иван Сидорович, самый мудрый и находчивый член партийной ячейки, за что вполне справедливо получил прозвище Сократ.

— Кого утопим, Васю? — спросил шепотом Ленский, испытав неподдельный ужас от такого предложения.

— Да не Васю, а его партбилет! — сказал, недовольно поморщившись, Сократ, удивляясь непонятливости товарищей.

— Как ты утопишь билет, если его нет и в помине? — отозвался философски еще один член партбюро, Геннадий Хорев, дремавший в углу, и до этого не проронивший ни единого слова.

Однако члены партбюро и замолчали и с надеждой уставились на Ивана Сидоровича, ожидая от него пояснений. Сократ, наморщив свой могучий лоб мыслителя, потребовал, чтобы все поклялись в том, что никто, никому, никогда и ничего не скажет. «Честное партийное! Никому и никогда!», — поклялись все члены партбюро. Выслушав клятву, Сократ изложил товарищам свой план дальнейших действий...

На следующий день, когда, закончив трудовую смену, бригада слесарей-судоремонтников возвращалась по понтонному переходу с плавучего дока в цех, Василий Подкова неожиданно поскользнулся на ледяной корке и, не успев схватиться рукой за страховочное ограждение, свалился в холодную воду. Ватные штаны и фуфайка, державшие Василия какое-то время наплаву, быстро намокли и начали тянуть его ко дну. А он только размахивал руками, беззвучно открывая и закрывая рот, не в силах позвать на помощь.

— Человек за бортом! — крикнул кто-то.

Иван Сидорович, наблюдавший со стороны за происходящим, одним ловким движением снял с ограждения спасательный круг и метко бросил его утопающему. Василий, барахтавшийся в холодной воде как годовалый щенок, ухватился за него двумя руками и, неуклюже, отдуваясь, подплыл к бетонному причалу. Там его с двух сторон подхватили товарищи и вытащили на сушу.

Едва ступив дрожащими ногами на твердую почву, Василий, дрожащий от холода, начал судорожно шарить руками в карманах своего ватника, повторяя хриплым трагическим голосом:

— Билет! Где мой билет!?

К нему подскочили Иван Сидорович и другие участники вчерашнего заседания партбюро.

— Вася, что с тобой? Какой еще билет?! — спросил его, напирая на слове «билет», секретарь цеховой партийной организации Ленский.

Василий, продолжая судорожно шарить руками по груди, повторял как в прострации:

— Здесь, с левой стороны, в нагрудном кармане, у меня был кожаный портмоне, а в нем — мой партийный билет... Боже, что теперь со мной будет!

Несколько рабочих подхватили едва державшегося на ногах и плачущего навзрыд Василия под руки, и повели в цех. В раздевалке они помогли ему освободиться от мокрой тяжелой робы, и отвели под горячий душ.

Оставшиеся на причале коллеги Василия подручными средствами — совковыми лопатами и баграми —продолжали разгребать замусоренную поверхность воды у понтона на том самом месте, где только что едва не утонул их товарищ, пытаясь выловить портмоне с партийным билетом Василия. Но, промучившись с полчаса и ничего не выловив, тоже разошлись.

Иван Сидорович, по прозвищу Сократ, придумавший, организовавший и осуществивший это представление, улыбался: «Ну и артист, Васька, отлично сыграл! Ему бы в кино сниматься, а не тянуть лямку слесаря-судоремонтника на этом чертовом заводе...»

ЧП, виновником которого стал бригадир судоремонтников Василий Подкова, вызвало большой резонанс. Дело его слушалось на заседаниях партийных комитетов завода, Черноморского морского пароходства и обкома. Его расследовала специально созданная партийно-контрольная комиссия. Однако в действиях и поступках ударника Коммунистического труда, примерного семьянина Василия Подковы не было обнаружено ничего предосудительного. В тот день, когда случился инцидент с утонувшим партбилетом, он был трезв и адекватен. Это подтвердили товарищи по партии и его многочисленные коллеги. Однако за халатность, приведшую к утере партийного билета, Василию Подкове влепили-таки «строгача» с занесением в учетную карточку члена КПСС. Да иначе и быть не могло!

А полгода спустя, секретарь цеховой парторганизации Ленский без лишнего шума, в узком кругу товарищей, вручил Василию Подкове новенький партийный билет с профилем лысого В. И. Ленина на лицевой стороне обложки. И когда причастные к этому делу товарищи собрались в кабинете партийного бюро, чтобы по традиции обмыть его успешное завершение, Иван Сидорович подошел к «виновнику торжества» и похлопал его дружески по плечу.

— Надеюсь, Вася, ты теперь понимаешь, что такое товарищеская солидарность?! — сказал он. Любил Сократ эффектные сцены и выражения.

Василий, виновато улыбаясь, кивал выразительно головой, выказывая тем самым свою искреннюю благодарность товарищам за все, что они для него сделали. Главное, думал он, теперь его не будет по ночам третировать этот ужасный трансформер, и, наконец, вернется на супружеское ложе его любимая жена Нюся, так и не узнавшая причину его «тяжелой болезни».

Августовский вечер был тих и благостен. Счастливый Василий Подкова шел, не спеша, платановой аллеей, чему-то улыбался и мурлыкал под нос песенку «Тореадор, смелее в бой...» От избытка чувств, ему хотелось осчастливить, если весь мир, то хотя бы любимую жену Нюсю.

От широты душевной Василий купил огромный букет ярких оранжевых хризантем. Довольный собой, он взбежал на пятый этаж дома, в котором он жил, и с несвойственной ему элегантностью поцеловал открывшую ему дверь жену в щеку и вручил ей пылающий огнем букет.

Нюся удивилась и обрадовалась такой разительной перемене в настроении мужа. Подавая ему горячий ужин, она от избытка чувств поставила перед ним на стол припасённый для таких случаев графинчик с водкой. И, довольная, тихо удалилась в свою комнату.

Улепетывая за две щеки говяжье жаркое, Василий обратил внимание на какой-то предмет, лежавший на кухонном столе, слева от него. Сердце его забилось быстро-быстро, как у воришки, пойманного с поличным. Перестав жевать, он оглянулся, и, не увидев рядом жены, несмело протянул руку. Ощущения его не обманули: это был утерянный им партийный билет!

— Нюся! Нюся! — крикнул Василий, поперхнувшись, не зная, что она скажет ему и что он ответить ей.

— Ты где его нашла?! — спросил он упавшим голосом, в котором соединились в одно и страх, и стыд, и мольба о пощаде, показывая Нюсе партийный билет.

— Где, где? Убиралась в квартире, отодвинула прикроватную тумбочку, чтобы подмести, а там он лежит, весь в пыли, — ответила Нюся. — И посмотрела на мужа своими синими невинными глазами.

И Василий, глядя в эти честные глаза, со всей очевидностью осознал, как он сильно любит эту маленькую преданную женщину. В эту ночь Василий и Нюся впервые за несколько долгих месяцев разделили супружеское ложе. А потом они лежали молча, как два заговорщика, которых объединяла одна страшная тайна. Но каждый из супругов думал о своем...

Любители ликера

В эпоху развитого социализма в Одессе, на улице Дерибасовской, 17, было кафе «Куяльник». В одном из его залов стояли автоматы по продаже одноименной минеральной газированной воды, а в другом шла бойкая торговля спиртными напитками, кофе, соками и даже мороженым.

«Куяльник» славился ликерами. Здесь была представлена целая линейка этого вкусного ароматного напитка: от кофейного до неподражаемого шартреза. Не хватало только Амаретто и Кюрасао. И я не отказывал себе в удовольствии употреблять эти земные блага.

Как-то, выпив с друзьями по чашке черного кофе с ликером, мы стояли у входа в это славное кафе, разговаривали, и кто-то из них спросил меня:

— Леня, а ты кто по образованию?

— Филолог.

— Что это за профессия такая?

— Это не профессия, старик, филолог — это образ жизни, — сказал я, гордо поведя глазами.

— И чем ты, филолог, занимаешься на судоремонтном заводе? — подключился к разговору Миша Тишкин, приемщик стеклотары гастронома №1.

— Тебе это надо, Миша? Занимаюсь чем-то, и слава богу! — ответил я, не желая вести беседу на эту тему.

— Ну, все-таки, расскажи, нам всем интересно будет, — настаивал он.

— Ладно, возьмешь кофе с ликером, тогда и расскажу? — сказал я.

Выпив ликера, мы вышли на улицу. Я закурил, затянулся дымом сигареты «Прима». Ловлю кайф.

Эдик Суханов, строитель, — он только что вернулся из колхоза «Маяк социализма», где с бригадой шабашников возводил коровник, — посмотрел на меня иронично, и сказал:

— Вот ты, Ленчик, ликер выпил, а рассказ о том, чем ты занимаешься на судоремонтном заводе, зажилил...

— Ладно, Эдя, докурю сигарету и расскажу.

— Ну, ну, рассказывай, а мы послушаем, — согласился «зодчий коровников».

— Вот, друзья мои, представьте себе картину: заканчивается июнь, а наш завод может завалить квартальный план по ходовым испытаниям, — сказал я и замолчал. Потому что плох тот рассказчик, который не умеет держать паузу...

— Ну и что? Не на одном твоем заводе план не выполняют, — отозвался Тишкин.

— Что ты сравнивай наш судоремонтный завод со своим колбасным гастрономом, — сказал я, обидевшись. Если мы завалим план, это скажется на показателях всего морского торгового флота СССР.

— Не отклоняйся от темы, — изрек Суханов.

— Ну, я и говорю: горит план, а вместе с ним гори белым пламенем и наша квартальная премия...

— Да, без премии плохо, — поддержал меня Ваха Негруца, парень, работавший спасателем на пляже «Аркадия». Он был самым начитанным из нас, так как на работе книгу в руках держал чаще, чем весла шлюпки…

— А я вообще никогда еще квартальную премию не получал и даже не знаю, что это такое, — сказал Миша Дыхныч, по прозвищу «Ленин». И это была чистая правда. Миша ни на одном предприятии больше трех месяцев не задерживался. А из Одесского театра драмы, его вообще вытурили без выходного пособия. И виной тому была советская «Лениниана»[1]. А конкретнее — пьеса Михаила Шатрова «Так победим!». Спектакль в одесской драме шел с аншлагами, и все исполнители главных ролей надеялись получить большие премии, а, может быть, и звания заслуженных или даже народных артистов. Но в один прекрасный вечер все их надежды пошли прахом.

В тот вечер, тогда еще просто Миша, хорошо поддав с бутафорами театра, вышел в туалет и на обратной дороге заблудился. Поплутав с полчаса в потемках за кулисами, он оказался на сцене. Как раз был антракт, рабочие меняли декорации, но никто на пьяного коллегу не обратил внимания. Миша подошел к рампе, посмотрел осоловело в партер и произнес реплику, которой, естественно, не было в драме Шатрова. Кто-то из зрителей, увидев на сцене нетрезвого лысого мужчину, как две капли похожего на главного героя пьесы Шатрова, крикнул: «Кто пьяного Ленина выпустил на сцену?» После этого появились пожарные и утащили «самозванца» за кулисы. На этом театральная карьера

---

[1]. В СССР название совокупности произведений искусства и литературы, посвящённых В. И. Ленину.

Михаила закончилась. А вот кличка «Ленин» осталась за ним навсегда...

— Да, Миша, — продолжил я. — С этим надо было что-то делать, предпринимать какие-то меры. Но это не входило в мою компетенцию...

— А в чью же? — спросил, выпучив глаза, Ваха.

— Как в чью? Генерального директора завода, и его заместителей, — сказал я.

—Так им и надо! — эмоционально отреагировал Тишкин, не любивший начальников.

— Правильно, Миша, и они сделали все зависящее от них, — согласился я.

— Застрелились, что ли? — спросил он.

— Нет, Миша. Они объявили на заводе аврал. Всем инженерно-техническим работникам и специалистам заводоуправления было приказано срочно собраться на причале №30, где в ремонте стоял сухогруз «Парижская коммуна». Наконец, явился сам генеральный и приказал нам построится в шеренгу. На правом фланге встал и я, как та Мышка из сказки «О репе».

— Так ты что, Мышкой на заводе работаешь? — спросил Негруца.

— Не Мышкой и не Репкой, — ответил я. И продолжил:

— Итак, генеральный отдал следующий приказ: всем развернуться на 180 градусов и стать в позу толкателя. И каждый из нас, развернувшись, сделал упор, кто левой, кто правой ногой, в причальный брус, а руками — в борт теплохода «Парижская коммуна». После чего директор зычным голосом скомандовал: «А теперь, ребята, все вместе: раз, два, взяли!» И мы дружно навалились на борт «Парижской коммуны».

— И надорвались! — сказал Ваха Негруца, злорадствуя, и сплюнул сквозь зубы на асфальт. Я, ответив ему тем же, продолжил:

— И, представьте! Огромное судно, вздрогнув всем своим стальным ржавым телом, словно только что проснувшееся доисторическое животное, медленно, поскрипывая, отошло от причальной стенки.

О, это, скажу я вам, был момент! Момент победы человека над непреодолимыми обстоятельствами! И никто из нас не мог сдержать эмоций. Мы обнимались, целовались, а кое-кто даже всплакнул, наблюдая за тем, как «Парижская коммуна», покачиваясь с борта на борт, идет акваторией завода.

— И что, это все? — спросил, лишенный воображения, Тишкин.

— Нет, не все! — сказал я, акцентируя внимание на словах «не все». — После этого в Москву, в Министерство морского флота, ушла срочная телеграмма. В ней директор завода в бодрых тонах рапортовал по начальству о том, что теплоход «Парижская коммуна» вышел на ходовые испытания... А это, друзья, значило, что квартальная премия у нас в кармане!

— А «Парижская коммуна»? Она что, так и осталась в акватории завода? — спросил Миша-Ленин, привыкший ставить все точки над «i».

— Ну, что ты! На следующий день теплоход ошвартовали, и продолжили ремонт, — сказал я серьезно.

— А каково твоя роль во всей этой истории? — спросил, хлопая глазами, Тишкин.

— А ты что, так и не догадался? — спросил Эдик Суханов, когда мы всей компанией зашли в кафе «Куяльник» и заказали ликер. И я, подняв чашу с шартрезом, сказал тост: "За ходовые испытаня, друзья!"

Молдаванское противостояние

Борис и Сергей посетили несколько предприятий и в каждом из них получили отказ. Первое, о чем спрашивали Сергея, когда он переступал порог отдела кадров, есть ли у него одесская прописка и какая у него специальность. Ни первого, ни второго у него не было. А на нет и суда нет, говорил очередной начальник отдела кадров, лишая его малейшей надежды на трудоустройство.

— А ты думал, что тебя везде ждут с распростертыми объятиями, да? Нет, брат, в жизни так не бывает. Для того, чтобы найти свое место под солнцем, тебе придется изрядно попотеть и пошевелить мозгами. Ты только ступил на путь потерь и разочарований, а у меня, знаешь, сколько их было!

— Чего было? — спросил, не поняв друга, Сергей.

— Потерь и разочарований, — сказал Борис, угадав настроение юноши. — Так что наберись терпения и не распускай слюни

Они шли улицей Дальницкой. Со стороны Второй Заставы горячий степной ветер гнал впереди себя, как пастух стадо паршивых овец, клубы пыли, бумажные обрывки, мелкую щепу. Пыль была всюду. Она осела толстым слоем на стены домов, на заборы, на листья деревьев, на редкую выгоревшею на солнце траву. Устало плетясь позади Бориса, Сергей тоскливо смотрел по сторонам: на одно и двухэтажные домишки с облупившейся штукатуркой и давно немытыми стеклами окон, на темные подворотни, откуда, подхваченный сквозняками, сочился тошнотворный запах гниющих пищевых отходов и человеческих экскрементов. Вид городской окраины не вселял у него оптимизма, и он сказал

— Боб, наверное, когда Пушкин писал: «Я жил тогда в Одессе пыльной...», — он видел пред собой эти самые места, по которым мы идем...

— «В Одессе пыльной я сказал. / Я б мог сказать: в Одессе грязной / И тут бы право не солгал...» — продолжил Боб стихами из «Евгения Онегина».

— Вот-вот, человек, прочитавший эту поэму, представляет себе Одессу такой, какой изобразил ее Пушкин, — пыльной и грязной...— сказал Сергей.

— Сразу, Салага, видно, что ты в школе не отличался усердием, — сказал Боб.

— Почему это?

— В противном случае ты бы знал, что в другом месте «Евгения Онегина» Пушкин писал:

«Но уж дробит каменья молот,
И скоро звонкой мостовой
Покроется спасенный город,
Как будто каменной броней...»[1]

...Таким образом, уже в первой трети девятнадцатого века, он, Пушкин владел методом социалистического реализма. И в своей поэме изобразил будущее Одессы в ее революционном развитии.

---

[1]. Стихи А. С. Пушкина.

— Какого социалистического реализма, Боб! Принципы этого метода окончательно утвердились в Советской России только в 1937 году, сто лет спустя после убийства поэта, — неуверенно Сергей.

— Вот в этом-то и состоит гениальность Пушкина. Он предвосхищал явления будущего. Без него не было бы не только «Мертвых душ» Гоголя, но и «Одесских рассказов» Бабеля, а, может быть, и романа «Мастер и Маргарита» Булгакова.

— А романы Хемингуэя и Ремарка «Прощай оружие» и «На Западном фронте без перемен» тоже?

— Не знаю, об этом надо было бы их спросить. Но судя по тому, с какой помпой отмечался юбилей Пушкина, допускаю, что он пришелся очень кстати. Широкомасштабные, всесоюзные мероприятия отвлекали внимание людей от Большого террора, который уже накрыл всю страну, — сказал Боб.

— Ты это серьезно?

— А разве я могу думать иначе, если в этом, 1937 году, арестовали моего отца, и он сгинул где-то в сталинском ГУЛАГе?

— Стечение обстоятельств, Боб, — сказал неуверенно Сергей.

— Нет, Салага, это чистый воды соцреализм...

Друзья миновали улицу Михайловскую и подошли к тому месту, где улица Дальницкая соединяется с улицей Степовой.

— А здесь, на этом месте произошло событие, которое тщательно скрывают историки, — сказал Борис.

Сергей посмотрел по сторонам, и, не увидев ничего особенного, вопросительно посмотрел на Бориса, предположив, что тот его, как всегда, разыгрывает.

— Да, Салага, это случилось именно здесь, в декабре шестидесятого года, — продолжал тот, поводя из стороны в сторону глазами, словно чего-то ища. — Вот в этом гастрономе солдатик из близлежащей воинской части купил чекушку «Московской»[2] — захотелось, видать, бойцу праздника. Оказавшись на улицу, он зашел в ближайшую подворотню, сорвал пробку, залитую сургучом, и присосался к горлышку бутылки. Сделав первый глоток, он закашлялся и начал рвать: водка, которую он только что купил, оказалась «паленой»! Он сразу же вернулся в магазин и потребовал у продавца заменить товар, то есть водку, или вернуть ему деньги…

Продавец этот, по кличке Юрка-Рыбак, был еще тот «волчара»! Он приторговывал фальсификатом в наглую, так как знал, кому дать «на лапу». Уверовав в свою безнаказанность, он накинулся на солдатика и, матерясь, стал выталкивать его из магазина.

В это время «на горизонте» нарисовался участковый милиционер Климов, он шел к Рыбаку выпить на халяву сто пятьдесят граммов водки, что делал с завидной регулярностью. Торгаш и мент быстро нашли общий язык. К ним присоединился еще один мент, помощник участкового, зашедший в гастроном с той же целью. Втроем они выпроводили слабо сопротивлявшегося бойца на улицу и «загрузили» его в кузов «ГАЗ-51», стоявшего поблизости.

— Что вылупились как бараны на новые ворота! — кричал при этом участковый на собравшихся зевак. — Не видите, что ли? Солдатик пьян, вот мы и реши отвезти его в медвытрезвитель, чтобы не замерз еще, не дай бог, под забором…

— Ты же сказал, что здесь что-то произошло. А что «произошло»? — спросил Сергей. Эпизод с пьяным солдатом и милиционерами не показался ему стоящим внимания.

— А дальше вот что случилось! — продолжил Борис. — Упоминание о медвытрезвителе, куда доставляли подвыпивших буйных горожан, и где менты,

---

сотрудники этого заведения, лишали их последней наличности, вызвало у людей, стоявших у гастронома, негативную реакцию. Кто-то из них в расчете на публику крикнул: «Менты издеваются над солдатиком, хотят запроторить[3] служивого в медвытрезвитель!»

Весть эта молниеносно разнеслась по улице Степовой. Сердобольные обыватели, находившиеся поблизости, ринулись к месту происшествия. У многих из них был кто-нибудь из близких родственников — сын, брат или племянник, — отбывавший воинскую повинность. Поэтому каждый считал своим священным долгом защитить неизвестного солдата от произвола ментов.

Участковый Климов, увидев напиравших со всех сторон людей, выхватил из кобуры наган. Оружие у мента попытались отнять, начали выкручивать ему руку, и в это время раздался выстрел. Пуля по касательной попала в голову парню, проходившему рядом. Взбешенный этим народ разошелся не на шутку. Участковый и его помощник, испугавшись, заскочили в кабину грузовика. Разъярённая толпа раскачала автомобиль и перевернула его на попа, то есть вверх колесами...

На этом, казалось, все могло бы закончиться. Но в тот день в Ильичевском районе проходили выборы народных судей. Исполнив свой гражданский долг, добропорядочные избиратели потянулись к гастроному купить чего-нибудь съестного на ужин. Вареной колбасы и молочных сосисок — основной еды советского пролетариата — как назло на всех не хватило. Перебои со снабжением продуктами питания случались и раньше, но чтобы их не завезли в такой день — в день демократического волеизъявления народа, — это было слишком!

---

[3]. Посадить (Укр.).

Оскорбленный в лучших чувствах рабочий класс, выходя из магазина, поминал недобрым словом местную власть и материл на чем свет стоит главу государства Никиту Хрущева, называя «первого строителя коммунизма» не иначе как «кукурузник» и «лысый хрущ».

В это время в кинотеатре «Серп и молот» закончился очередной сеанс фильма «Юность Максима». Зрители, воодушевленные революционным настроем картины, выходя из кинотеатра на улицу, вливались в наэлектризованную толпу. Ситуация накалялась, негативная энергия била через край, ища выхода. Как говорится, «достаточно было одной искры, чтобы возгорелось пламя». И этой «искрой» стал камень, брошенный каким-то припадочным в витрину гастронома.

Этот бросок, как выстрел «Авроры», послужил сигналом к действию. В считанные секунды от витрин гастронома остались одни амбразуры с торчащими в них осколками битого стекла. Перепуганные продавщицы высыпали на улицу, как серые мышки. Воспользовавшись моментом, молдаванская шпана с криками «Хватай — подешевело!» вломилась в магазин. Следом за ними кинулись остальные, сметая с прилавков все, что попадало им под руку, — от популярных в народе консервов «Килька в томате» до соли и спичек. В ликёроводочном отделе мужики и бабы хватали бутылки с водкой, портвейном, вишневым ликером и пивом, засовывали их в карманы и за пазуху, и пулей вылетали на улицу.

— Бунт, начавшийся как протест против милицейского произвола и дефицита продовольствия вылился в массовую попойку, — констатировал Борис. — Сорокаградусная сделала свое черное дело. Потерявшие голову молодцы порывались идти на улицу Госпитальную переворачивать троллейбусы, чтобы застопорить в районе движение транспорта. Другие, настроенные более радикально, призывали сжечь к чертям собачьим местное отделение милиции.

Никто никого не слышал и не слушал. Находясь во власти «великого бессознательного», подвыпившая публика, опустошив гастроном, разгромила галантерейную лавку, находившуюся рядом с гастрономом; «криминальный элемент" на Алексеевской площади побил стекла в помещениях районного суда и юридической консультации. На большее фантазии не хватило.

Участковый Климов, воспользовавшись возникшей суматохой, пытаясь сбежать от греха подальше, юркнул в один из дворов на улице Степовой, и запер на щеколду ворота. Но его нашли, выволокли на мостовую и стали «учить уму разуму».

На Молдаванке традиционно не любили милиционеров, как в царские времена не жаловали полицейских, видя в них цепных псов правящего режима. Участковый Климов знал об этом. Отдавшись на милость толпы, он при каждом ударе всхлипывал и, шевеля разбитыми в кровь губами, повторял, как провинившийся школяр: «Отбсцыте, я польше не пуду...»[4]

На Степовой появилась писаная красавица — гражданская жена одного из местных криминальных «авторитетов». Она была в распахнутом пальто с развивающимися как крылья полами, ее русые кудрявые волосы выбивались из-под оренбургского платка и ниспадали прядями на ее искаженное злобой лицо.

— Дайте, дайте я ему врежу! — кричала она, широко раскрывая красный от помады рот, расталкивая мужиков, лупивших участкового.

____

4. Отпустите, я больше не буду.

— Врежь! Врежь ему, Маня! Это он твоего Ваню...— сказал, не докончив фразы, верзила двухметрового роста, одетый в фуфайку, подбитую рыбьим мехом, в кепке-хулиганке с маленьким козырьком, надвинутой на самые брови, уступая место женщине.

Та, накинувшись на Климова с отборной руганью, била его остервенело ногами. Делала она это как-то по-особенному, по-женски: правой ногой сверху вниз. Со стороны казалось, что Маня острым каблуком своего сапога метит участковому прямо в глаз.

На противоположной стороне улицы взяли в оборот второго мента, помощника участкового. Молодые «беспредельщики», одурманенные алкоголем и наркотой, перекинув через ветку старой акации веревку с петлей, пытались его повесить. Мент уже был никакой, то есть без сознания. И после двух неудачных попыток казни, обессилевшее хулиганье перетащило его по снегу волоком на улицу Прохоровскую и бросили прямо на трамвайные пути.

Вскоре появился трамвай четвертого маршрута. Вагоновожатая, увидев распластанное на рельсах тело, дала по тормозам. Матерясь, она выскочила из кабины и попыталась перетащить полуживого милиционера ближе к тротуару. Но силенок у нее не хватило. И поверженный мент, еще утром гонявший старушек, торговавших семечками подсолнуха у кинотеатра «Серп и Молот», так остался лежать на мостовой до приезда скорой помощи.

...Бунт на Молдаванке до смерти напугал местные партийные и советские органы власти. Такого в Одессе не было со времен революции 1905 года и Гражданской войны. Из обкома позвонили в Москву, в ЦК КПСС. Спрашивали: «Что делать?» Им ответил дежурный функционер ЦК — Никита Хрущев в этот воскресный день был на охоте, — и посоветовал местным партийным бонзам разогнать бунтовщиков с помощью войск!

На Степовую пригнали роту солдат с автоматами. Однако, как утверждала молва, командующий Одесским военным округом Герой Советского Союза Бабаджанян наотрез отказался отдать приказ о применении оружия к гражданским лицам, хотя Москва категорически требовала: «Стрелять!»

— То, что произошло на Молдаванке, не было единичным случаем. Народные волнения были и в других городах Союза. В частности, в Новочеркасске, где пролилась кровь рабочих, — сказал Борис.

— Этим все и закончилось? — спросил Сергей.

— Нет, конечно! На следующий день с утра заработал репрессивный аппарат, искали виновников беспорядков...

— Нашли? — спросил Салага.

— А ты думал! Нашли всех — правых и неправых, — и осудили по самой строгой статье уголовного кодекса СССР, — сказал с горечью в голосе Борис. Он явно симпатизировавший бунтовщикам...

На Кинбурнской косе

Я не воображаю себя тем единственным, ради кого встает солнце. Но проснувшись с первыми его лучами, радуюсь тому, что оно светит и для меня. Даже когда небо заволокло серыми низкими облаками, я стараюсь не поддаваться унынию. Этому научил меня одесский поэт Владимир Домрин. Последние годы он серьезно хворал, но никогда не давал повода, чтобы вызвать к себе сострадание. Вероятно, считая, что недуг человека — это его личная проблема и не зачем обращать на него вселенское внимание. Так поступают настоящие мужчины.

— Каждое утро, выйдя на балкон встречать рассвет, я говорю: «Спасибо, Господи, что ты подарил мне еще один день жизни», — признавался он.

Внешне Владимир выглядел вполне здоровым человеком. Ладная коренастая фигура, уверенные точные движения, загорелое обветренное лицо со слегка приплюснутым носом, острый внимательный взгляд из-под густых бровей — все в нем выдавало бывшего мастера спорта по спортивной гимнастике.

На сером фоне обыденной действительности он выглядел этаким денди в хорошо сшитом и подогнанном по фигуре костюме, с шевелюрой слегка вьющихся седеющих волос или в модной шляпе. Когда он приходил в местное отделение союза писателей, там возникала особенная атмосфера, словно по коридорам и закисшим от скуки кабинетам подул свежий степной ветер.

Не знаю, как к нему относились собратья по перу. Вероятно, неоднозначно, потому что Владимир был ершистым, не лезущим за словом в карман, человеком. Ему приписывают несколько острых эпиграмм. Одна из них звучала примерно так: «Литературе нужен так Берберов / Как блядь в отряде пионеров». При случае ее цитировали в литературных и окололитературных кругах, вызывая понимание и улыбки. И едва скрываемую обиду у того, кому она была посвящена.

Как любой нормальный человек, он терпеть не мог закоренелых сквалыжников. Волей случая мне довелось стать участником забавного инцидента. Случилось это в буфете местного отделения Союза писателей СССР.

Я попал туда вместе с Домриным как его неофициальный ученик. Когда мы спустились в писательский буфет, располагавшийся в подвальном помещении бывшего болгарского консульства, застали его завсегдатаев в расстроенных чувствах: в заведении неожиданно закончились крепкие напитки…

Узнав об этом, Домрин предложил купить водки в складчину и снял с головы свою шикарную шляпу-федору[1] для сбора необходимых средств. Собрать деньги поручили мне, как самому молодому. И я пошел с этой шляпой по кругу и все, жаждущие выпить, бросали в нее, кто сколько мог. Последним оказался молодой, подающий большие надежды, прозаик Обрученко, сокращенно Обруч.

Я протянул ему шляпу, на дне которой уже шуршали ассигнации и звенела мелочь, но Обруч стоял

---

[1]. Модель шляпы.

как парализованный. Наконец, пошарив по карманам, он выудил оттуда металлический рубль, — я увидел, это была юбилейная монета с профилем В. И. Ленина на аверсе[2], — и руке его, с зажатой в пальцах денежкой, застыла над темным кратером шляпы. Я стоял в ожидании, недоумевая, «почему он медлит» — жадничает или ему, как правоверному члену КПСС, совестно отдавать рубль с профилем Ленина на выпивку?

Бездействие Обруча вызвало недоумение и молчаливый протест у других членов компании, вожделевших выпивки. Не любивший сквалыг Домрин, не выдержал и сказал в сердцах:

— Оставь его, не бери у него этот паршивый рубль, я внесу за него его долю!

... В Домрине странно уживались любовь к природе и страсть к охоте и рыболовству. Он часто выезжал в леса и степи, в поймы Дуная, Днестра, Южного Буга и Днепра. Из каждой такой поездки он привозил не только охотничьи и рыбацкие трофеи, но и проникновенные стихи, каждый из которых дышал вольностью причерноморских просторов.

На Кинбурнской косе, в Покровских хуторах, у Домрина была «дача» — обыкновенная рыбацкая хата, крытая камышом. Как-то Владимир пригласил нас с Анатолием Кузьминым — многолетним редактором университетской многотиражки «За наукові кадри», а в том время уже преподавателем факультета подготовки иностранных студентов, — приехать к нему погостить. До Очакова мы добирались по морю на «Ракете» — судне на подводных крыльях. Преодолев на катере еще одну водную преграду — Днепро-Бугский лиман, — мы с Кузьминым ступили на хлипкую дощатую пристань на Кинбурнской косе. До Покровских хуторов, прятавшихся

---

    2. Юбилейная монета, выпушенная монетным двором СССР к 100-летию со дня рождения вождя мирового пролетариата (1870-1970 гг.)

в буйной растительности ольхи, тополей и краснотала, было рукой подать.

Стояла тихая ясная погода раннего сентября. Над лиманом кружились стаи бакланов и черноголовых чаек, пикировавших к воде за добычей: жерехом, окунем, карасем или бычком. Мы шли с Анатолием по заливному лугу, густо поросшему песчаным бессмертником, золототысячником, мятой, ромашкой сопровождаемые гудением пчел и шмелей.

Вдруг на нас набежали две больших тени. От неожиданности мы спрятали головы в плечи, в замешательстве вскинув глаза кверху: над нами на бреющем полете проплыла, рассекая воздух изогнутыми под углом крыльями, пара пеликанов, напоминавших доисторических птеродактилей. Мы, молча, переглянулись, осознав, наконец, что действительно находимся в заповедных местах.

— О! Молодцы, что приехали, — сказал обрадовано Домрин, когда мы вошли во двор его дачи, заросший муравой. — Мне одному среди женщин стало скучновато. — И, помолчав, продолжил: «Вы тут с Лесей занимайтесь по хозяйству, а я схожу к рыбакам и скоро вернусь...»

— А вы очень кстати, — сказала Леся, жена и муза Владимира. — Будете чистить картошку. — Отказываться было неудобно. И мы с Кузьминым, засучив рукава, принялись за работу.

Пока Владимир отсутствовал, Леся рассказала, что среди их соседей преобладают женщины-одесситки, жены капитанов дальнего плаванья. Пока мужья бороздят моря – океаны, их жены выращивают луковицы тюльпанов на продажу, благо здешние климат и почва благоприятствуют их росту.

Когда мы с Кузьминым покончили с картошкой, вернулся Домрин. Он нес в руке что-то, завернутое в целлофан. Оказалось, это добрая треть осетра, или как его еще называют, Царской рыбы.

— Вот, прикупил по случаю у местных рыбаков–браконьеров, — сказал он. — Достаточно будет и для ухи, и для жарки...

Пока Леся вместе с Владимиром и Анатолием готовили обеда, я незаметно вскользнул через калитку на улицу. Я знал, что если идти прямо на север, выйду к Черному морю. Сразу же за селом начинались невысокие песчаные дюны, поросшие редким низкорослым кустарником, ковылем и чабрецом с поздними яркими розово-фиолетовыми цветами.

Взобравшись на очередную дюну, я невольно вспугнул пасущийся табун диких лошадей все как одна гнедой масти. Напуганные появлением человека, они, вскинули кверху свои красивые головы и шеи с густой гривой, и пустились трусцой к ближнему леску, темневшему на горизонте.

Пляж, на который я вышел, был плоским и тянулся до самого Ягорлыцкого залива на Херсонщине и дальше до самого горизонта. Искупавшись, я прилег на мелкий золотистый песок и засмотрелся на белые перистые облака, проплывающие высоко в бездонном синем небе. Я никогда еще не бывал в таких пустынных, не тронутых цивилизацией местах и наслаждался непривычной вселенской тишиной. Шелест морских волн и редкие крики чаек делали ее еще глубже и пронзительней. Меня переполняли первозданные чувства, которые я не мог облечь в слова. Да и нужны ли они в такие минуты?

После обеда, который плавно перешел в ужин с чаем заваренным на травах. Домрин читал стихи:

Облака, подаренные мне,
Мягким отороченные светом,
Ты увидишь и зимой, и летом
На закатной дальней стороне.

А перед сном мы вчетвером гуляли берегом Днепро-Бугского лимана, поросшего ольхой, вербой и неизменным тростником. Солнце медленно садилось далеко на западе, оторочив, точь-в-точь, как в стихах Добрина, закатными лучами облака. На земле, среди кустарника, отливала золотом рыбья чешуя, оставшаяся после дележа браконьерского улова. Посреди лимана погружался в синие сумерки приплюснутый купол острова Майский, где, как говорили, готовят боевых пловцов-диверсантов.

Ночь на даче выдалась неспокойной. Нам с Кузьмыным, постелили на одной кровати, и я долго не мог уснуть. А когда наконец забился тревожным сном, сразу же, как мне казалось, был разбужен шумом, который доносился с улицы. Все — Домрин, Леся и Кузьмин, — были уже на ногах. Оказалось, что шум поднялся из-за двух взрослых лосей и одного поменьше, вероятно, их детеныша. Взломавших ограду, они забрались на соседний дачный участок, в огород, на котором выращивали луковицы тюльпанов. В жидком ночных сумерек я рассмотрел огромных животных с роскошными, отражавшими лунный свет, рогами. Женщины, владелицы участка, кричали, размахивали палками, пытаясь прогнать непрошеных ночных гостей. Лоси, не обращая на них внимания, продолжали как ни в чем не бывало выковыривать копытами из почвы бесценные луковицы тюльпанов и с аппетитом поглощать их. Наконец общими усилиями сохатых удалось выдворить за пределы участка. Красивые независимые животные нехотя удалились. В ночной тишине было слышно, как трещат ветви и сучья, попадавшие им под ноги на их праведном пути.

Впечатления от увиденного в той поездке, живы во мне до сих пор. А тогда, вначале 80-х, я хотел передать свои ощущения в стихах. Они долго не у меня получались. И только несколько лет спустя, когда

Домрина не стало, я, наконец, написал их, озаглавив «На Кинбурнской косе». Эти стихи вошли в мой первый поэтический сборник «Волчья ягода». Но… книга эта могла бы не увидеть свет, если бы по счастливой случайности не произошел развал СССР…

Об авторе

Анатолий Михайленко живет в Одессе (Украина). Он выпускник Одесского университета им. И. Мечникова, много лет работал журналистом, удостоен Золотой медали Национального союза журналистов Украины. В настоящее время он — свободный художник.

Его вещи публиковались в целом ряде коллективных сборников и альманахов, в том числе в журналах «Меценат и Мир» (Москва), «Радуга» (Киев), «Южное сияние» и «Фаворит удачи» (Одесса). В разные годы свет увидели поэтические сборники автора: «Волчья ягода», «Amor fati», «Спроба втечі» (На украинском языке), «По слогу, по слову, по строчке», а также книги прозы «Любая столица провинция» «Зодиакальное смещение...», «в электронном виде, «Все то, что в нас и с нами» и «Ошибка Караваджо» — самиздат (Северная Каролина, США).

А. Михайленко Лауреат премии им. Константина Паустовского. Он также лауреат международных литературных фестивалей «Памяти Исаака Бабеля» (Первая премия) и «Есть город, который я вижу во сне...»